아버지의 뜰

이도순 지음

문현
MUN HYUN

내 밭에는 참새가 놀러 와도 좋다. 까치, 비둘기, 다람쥐가 요기를 하고 가도 좋다. 바람은 옷자락 휘날리며 밭머리에서 돌고, 일월日月이 촘촘히 내려와 박히는 곳, 푸성귀 물결치고 열매 맺어 풍성한 곳, 내 밭에는 아무나 밭, 뚝, 돌, 의자에 쉬어가도 좋으리. 상추 고추 한 줌 따 간들 어떠랴.

조그만 밭 한 뙈기를 일구었다. 큰 돌은 옮겨 놓고 자갈은 주워내고 이랑도 반듯하고 모양도 어여쁘게 옥토를 만들었다. 밭에 가면 흥얼흥얼 노래가 절로 나온다. 잘 있었느냐? 목이 마르지는 않았느냐? 거름이 적지는 않느냐? 행여 안 본 사이 감기 몸살은 앓지 않았는지, 잎사귀 뒤적이며 이리 보고 저리 봐도 그저 신기하고 기특하기만 하다.

어쩌다가 나는 밭에 미쳐버렸다. 나도 모르는 사이에 저절로 발걸음이 간다. 다리 아프면서 밭에 간다고 지청구를 들어도 하루만 안 가면 그저 궁금해서 죽을 맛이다.

그래, 어느 날 밭에 미쳐있는 나를 발견하고 정말 이러다가는 글은 언제 쓰느냐고 질책을 했다. 글에도 미쳐버리면 얼마나 좋겠는가? 글에 미치고 싶어 도서관도 가고 눈이 침침하도록 컴퓨터를 들여다본다. 농사를 짓듯 언제쯤이면 더 좋은 글을 지어낼 수 있을지.

밤이 지나면 아침 해가 뜬다. 살아 있는 생명만이 맞이할 수 있는 광명의 기쁨, 희망... 푸성귀처럼 푸르고 싱싱하게 옷자락을 흔들며 지치지 않고 살아가고 싶다.

2012년 3월

저 자 拜

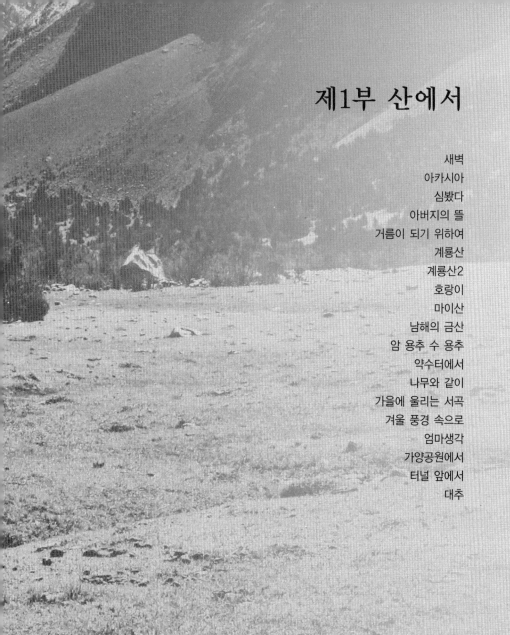

제1부 산에서

새벽

　새벽 등산로를 연다. 밤새 아무도 밟지 않은, 용광로 같이 달아오르던 열기도 밤바람이 식혀 내고 서늘한 새벽 공기가 상큼하다. 나무들의 잠을 깨우는 바람이 숲 속을 휘돌아 나와 가지를 흔들고, 산새 한 마리 푸드덕 날아오른다. 풀잎에 맺힌 이슬방울이 빛을 직신다.

　새벽은 언제나 새로운 시작이다. 나무들이 숨 쉬는 등산로의 새벽도, 흐릿한 가로등만이 끔뻑이는 도시의 새벽도, 희뿌연 안개가 풀풀 날리는 안개 속의 새벽도, 싱그러운 시작 그 자체이다. 새날이 밝아 오는 시간. 어제의 묵은 것들은 모두 물러가고 새로운 하루가 출발하는, 역동하는 희망으로 가득 차오르는 시간!

　그 신비하고 아름다운 의미를 어찌 다 알 수 있으랴. 새벽엔 어떤 웅대한 소리가 들려오는 것 같기도 하다. 그것은 뱃고동

소리 같은 것일지 모른다. 아마 처음 환웅이 3천 명의 무리를 거느리고 태백산太白山 꼭대기 신단수神檀樹 밑으로 내려올 때, 그때 하늘이 열리던 그 소리와도 흡사할 것 같다. 개벽의 신령스러움으로 곰이 사람으로 화할 수 있었던 희망, 용기, 인내, 그런 핏줄이 아직도 우리 몸엔 흐르고 있지 않은가?

새벽이면 지구상의 모든 생명들이 잠에서 깨어난다. 저 숲 속의 작은 새들도 깃을 털고, 땅속에 있는 개미들까지도 기동을 한다. 일찍 깨어난다는 것, 남 먼저 일어난다는 것, 얼마나 환희에 찬 일인가? 자연의 역사는 또 하루를 내딛으며 성실한 수레바퀴를 굴리고, 지구상의 모든 생물들이 삶의 몸짓으로 풋풋하게 일어서는 새벽! 이 대지 위엔 가슴으로 울려오는 새벽종 소리가 가득 차오르고 있지 않은가?

괴로우면 괴로움을 딛고, 슬프면 슬픔을 떨쳐 어제의 것들은 모두 비우고 새로운 오늘을 시작할 때이다. 시작할 때와 끝날 때를 구분 짓는다는 것, 버릴 것과 챙길 것을 분명히 한다는 것, 모든 것은 교차한다는 것, 일월이 교차하듯이, 그러면서 변화가 일어난다는 것, 계절도 변하면서 신비하고, 인생 여정도 변화하면서 발전한다.

이제 곧 아침 해가 떠오를 것이다.

해야 솟아라

해야 솟아라

마알갛게 씻은 얼굴

고운 해야 솟아라

산너머 산너머서

어둠을 살라 먹고

이글이글 앳된 얼굴

고운 해야 솟아라

　박두진님의 시처럼 찬란한 아침 해가 눈부시게 솟아오를 것이다. 그래서 세상은 모두 광명천지가 될 것이다. 새벽이여! 적막 속에서 아침을 낳는 위대한 새벽이여!

아카시아

    지난여름 태풍이 한 차례 지나간 뒤 산 언덕바지에는 아카시아나무 한 그루가 쓰러져 있었다. 너무 하늘만 바라보고 커 올라 제 무게를 지탱하기 어려웠나보다. 땅이 척박하였던지 둥치에 비해 넘어져 뽑힌 뿌리가 빈약했다. 나무는 한쪽으로 작은 뿌리 하나가 간신히 땅을 붙들고 있을 뿐인데 겨울 내내 죽지 않고 버티어 내더니 다시 5월이 되자 가지마다 하얀 꽃을 주렁주렁 많이도 달았다.

    와! 이럴 수가! 가느다란 뿌리 하나로 얼마나 열심히 물을 퍼 올렸으면 저 많은 가지마다 꽃등을 달 수 있을까? 그 광경 앞에서 나는 너무 감격하여 저절로 탄성을 지르고 말았다. 아카시아나무는 별로 보잘 것이 없다. 날카로운 가시까지 돋아난 가시나무다. 키가 아무리 커도 재목으로 쓰지 못한다. 화단에 들여 놓을 관상용은 더더구나 아니다. 하지만 그 꽃향기만큼은 어느 꽃도 따라갈 수 없을 것 같다. 비록 나무의 외모는 보잘것없으나 그 안에서 장만해 내는 감미로운 꿀은 단연 일품이다.

범신론汎神論은 만물에 모두 마음이 있다고 하였다. 죽지 않으려는 마음, 제 모습 제 빛깔을 내려는 마음, 제 씨앗을 퍼트리려는 마음이. 마음은 곧 혼이다. '혼신을 다 한다' 는 것은 '마음과 몸이 하나가 되어 최선을 다 한다' 는 뜻이다. 혼신을 다하면 뜻하는 바가 이루어진다. 풀 한포기, 나무 한 그루, 저마다 꽃을 피우기 위해 혼신을 다하지 않는 것이 없다. 만물이 모두 이러할진대 어느 것 하나 정중하게 대하지 않을 수 있으랴. 법화경에는 다음과 같은 대목이 있다.

'삼천대천세계의 산과 내와 골짜기의 땅위에 나는 온갖 초목과 숲과 약초가 수없이 많지만 각각 그 이름과 모양이 다르니라. 먹구름이 가득히 퍼져 삼천대천세계를 두루 덮고, 일시에 큰 비가 고루 내리어 흡족하면 모든 초목이나 숲이나 약초들의 작은 뿌리, 작은 가지, 작은 잎, 중간 뿌리, 중간 줄기, 중간 가지, 중간 잎, 큰 뿌리, 큰 줄기, 큰 가지, 큰 잎이며 여러 나무의 크고 작은 것들이 상·중·하를 따라서 제각기 비를 받느니라. 한 구름에서 내린 비로 그들의 종류와 성질을 따라서 자라고 크며 꽃이 피고 열매를 맺느니라. 비록 한 땅에서 나는 것이며 한 비로 적시지만 여러 가지 풀과 나무가 저마다 차별이 있느니라.'

부처님께서는 자연계의 예를 들어가며 중생에게 깨달음의 길을 설파하셨다. 이 대목을 읽노라면 나는 얼마나 작은 존재일까 하는 생각을 하게 된다. 봄에 피어났다 떨어지는 한 떨기 풀꽃은 아닐까? 혹은 길섶에 저절로 돋아난 한 포기 잡초는 아닐까?

　무한으로 내려주시는 비와 바람으로 대지에는 생명력이 용솟음친다. 너울대는 푸른 이파리 온 천지에 가득하고, 하늘은 끝없이 열리고, 시원한 바람은 대지를 어루만진다.

심봤다

밤을 주우러 산에 갔다가 소복이 나 있는 풀이 어쩐지 인삼을 닮은 것 같았다. 자세히 들여다보니 대궁 하나에 잎이 다섯 개가 틀림없다. 정말 삼일까? 고개를 갸우뚱거리며 한 뿌리 캐어 입에 넣고 깨물었더니 쌉쌀하고도 진한 향기가 인삼보다 더 상큼하다. 어머나! 이럴 땐 '심봤다'라고 외쳐야 할까? 입을 함박같이 벌리고는 빼곡한 데서 여섯 뿌리를 뽑아내 가방에 담았다. 다 캐어 버리기에는 아직 너무 어리다. 성냥개비만한 것으로 보아 2년생쯤으로 추측이 간다. 세어 보니 남아 있는 것은 서른 포기도 넘는다. 뜻밖의 횡재라 산을 내려오는 길은 온통 기쁨으로 들떠 있었다.

"여보! 나 산삼 캤다."
"산삼 같은 소리 하고 있네."

믿기지 않는다는 듯 남편의 퉁명스런 말투는 삼의 정체를 확인 하고도 신기해하기는커녕 어째서 그런 곳에 삼이 있느냐며 의문을 놓지 못했다. 그로부터 며칠 뒤 현장답사를 하겠다는 남편을 꽁무니에 달고 엉덩이를 흔들면서 산에 올랐다. 청량한 바람이 코끝에 스민다. 가을 산의 정취는 언제나 특별나다. '청향은 잔에 지고 낙홍은 옷에 진다.'고 했던가?

그 산은 산삼이 자랄 정도로 골이 깊거나 높지는 않다. 몇 십 년은 족히 되었을 참나무들이 울창하여 이맘때면 상수리를 줍는 사람들의 발길이 빈번하다. 재수가 좋으면 영지버섯도 종종 눈에 띈다. 이마에 닿을 듯 가파른 비탈을 숨 가쁘게 올라가면 무덤 두 봉분이 있고, 무덤 옆으로 하늘을 떠받치고 있는 밤나무가 몇 그루 버티고 서 있다. 짝 벌어진 밤 송아리들이 우수수 알밤을 쏟아 내리면 제멋대로 떨어져 반쯤 거섶에 얼굴을 묻은 윤기 반지레한 알밤을 줍는 재미가 쏠쏠하다.

여기쯤인데 하고 두리번거리는데 남편이 먼저 찾아냈다. 그곳은 내가 찾은 곳과는 또 다른 곳이다. 삼은 주먹으로 씨앗을 집어넣은 것처럼 소복소복 서너 군데쯤 있다. 새나 짐승이 삼 열매를 먹고 똥을 누어 싹이 나왔다고 보기는 그 범위가 크다. 누군가가 심어놓은 것이 분명하다. 그랬었구나, 역시! 허탈감이 밀려왔다. 임자가 있으니 내 것은 아니기에. 그런 줄도 모르고 삼이 크면 누구도 주고 누구도 주고 하면서 리스트를 짜 놓았는데 모두 다 수포로 돌아갔다. 남의 것을 캐다 주면 죄는 배가 된다.

이 이야기를 들은 아들은 어쩐지 먹기가 싫었었다면서 남의 작물에 손을 대면 절도죄에 걸린다고 했다. "절도죄라니, 내가 무슨 절도를 했냐? 그곳은 밭도 아니고 울타리를 쳐 놓은 것도 아니고 그냥 산이다." 아들의 말에 발끈 하기는 했지만, 절도죄가 되는지 안 되는지를 곰곰 생각중이다. 산에 저절로 난 것인 줄 알고 캔 것은 죄가 되지 않을 것이다. 그러니 내가 6뿌리를 캐온 것은 죄가 아니다. 남편은 좀 더 크면 내년 가을에 몇 뿌리 캐오자고 했는데 그러면 절도범이 될까?

인삼경작을 하는 지인의 말로는 5년 근이 되도록 키우려면 처음부터 드문드문 자리를 널찍이 잡아 주어야 된다고 했다. 인삼 자체에서 열이 나기 때문에 뿌리가 서로 닿으면 열로 인해 썩어버린다는 것이다. 3년 근으로 키울 것인지, 5년 근으로 키울 것인지를 미리 계획을 세우고 농사를 지어야 한다는 것이다. 그렇다면 산에 있는 그 삼은 너무 빼곡해서 그냥두면 썩어버릴 것이다. 간격을 두고 사이사이에서 캐온다면 삼을 잘 자라게 해주는 역할도 되기에 죄가 아닐 수도 있지 않을까? 변명은 언제나 자기 쪽이 유리하게 하는 법이고, 횡재를 했다고 좋아하던 그 삼에 대하여 미련을 다 털어버리지 못하고 있음이 분명했다. 원체 건망증이 심하니 내년 가을이 오기도 전에 아주 까맣게 잊어버렸으면 좋겠다는 생각까지 하면서.

　문득 예전에 아버지가 들려주신 옛날이야기가 떠올랐다. 옛날에 강원도 산골에 너무나 가난한 집이 있었다. 아이들은 많은데 양식이 없어 굶기를 밥 먹듯 했다. 어느 날 저녁에 삿갓을 쓴 허연 노인이 찾아와서 자고 갈 것을 청했다. 그 집 사람들은 공손히 노인을 모시고 좁쌀죽을 끓여 대접하고 아랫목을 내주었다. 노인이 말하기를 산 어디쯤에 무밭이 있는데 제일 큰 놈은 놔두고 중간치만 캐다가 팔아서 먹고 살라고 가르쳐 주었다. 이튿날 아침에 보니 노인은 온데간데없이 사라져서 가르쳐 준대로 산을 올라가 보았더니 그곳에 산삼이 즐비하더라는 것이다. 삼을 보자 그만 중간치만 캐라는 노인의 말을 무시하고 제일 큰 것을 캐고 말았다. 하도 커서 잘 뽑히지 않아 잡아당겼더니 가운데가 뚝 하고 부러지는데 그 안에는 좁쌀죽이 들어 있더라는 것이다. 동시에 그 많던 산삼이 하나도 보이지를 않더라는 얘기다.
　같은 산에서 자라도 장뇌삼은 산삼과 다르다. 장뇌長腦란 길 장자에 머리혈 뇌자다. 글자의 뜻으로 해석한다면 머리가 긴 삼이 된다. 산에는 해묵은 낙엽이 썩어서 토양이 부드럽고 거름기가 많아 뿌리가 더 실하게 자랄 수 있는 조건이 되는데 대부분 장뇌삼은 가늘고 길다. 또 산삼과 장뇌삼은 산에서 자라는 환경이 같은데도 식별할 수 있을 정도로 모양이 다르니 신기한 일이다.

그럼 '심봤다'라는 말은 무슨 뜻일까? 사전에 보니 '심마니'는 '산삼 캐는 것을 업으로 하는 사람'이라고 적혀있다. '산삼 마니아'라는 것이다. 그런데 아무리 찾아봐도 '심봤다'라는 말은 없다. '봤다'는 '보았다'는 준말인데 '심'은 대체 무슨 뜻일까? 문득 언젠가 스님이 반야심경을 강의하면서 심心자는 마음이며 '핵심'이라는 뜻이라고 한 기억이 떠올랐다. 그렇다. 마음은 곧 핵심이다. 그러니 '심봤다'는 '핵심을 보았다'는 말인가 보다. 이 보다 더 적절한 표현은 없었을 것이다.

예로부터 산삼은 산신령이 꼭 주고 싶은 사람에게만 내리는 명약으로 통한다. 500년 묵은 산삼이 발견됐다는 데는 경이로울 수밖에 없다.

아버지의 뜰

내 고향은 물소리 바람소리 영령한 계룡산 우적禹跡골. 벽계산간 푸른 시내가 사철 풍성하게 흐르고 산곡풍이 청량한 곳이다. 지난 추석날이었다. 딸애와 함께 친정아버님의 묘소를 찾았다. 오랜만에 고향산천을 밟으니 감회가 새롭다. 늘 가슴속 한곳에 그리움으로 자리 잡던 추억들이다. 계룡할머니가 나들이 갔다 오시다가 쉬어 가셨다는 돌막, 비가 오면 능구렁이가 울어대던 너덜겅, 웅장하면서도 유연한 능선의 곡선, 눈을 감고도 훤히 그려낼 수 있다.

묘소에 차릴 제물과 도시락으로 싼 주먹밥, 음료수가 든 배낭을 번갈아가며 지자해도 어미가 힘들다고 굳이 저 혼자서만 짊어지고 가파른 비탈을 올라가는 딸애의 마음씨가 슬겁다. 나의 고향집은 산 허리춤이다. 내가 범태육신凡胎肉身으로 잉태된 요람지. 나는 어리석은 산골고라리다.

집터는 30여년의 풍상에 허물어지고 묻히어 무심한 잡목만 우거졌다. 마당 앞 돌담을 하염없이 바라보노라니 그때의 집 모습이 선하다. 아버지가 손수 짜 맞춘 마루는 반듯하진 못했어도 우리 집 거실이었다. 마루 끝에 앉아 저녁을 먹다가 뒤로 벌러덩 마당으로 떨어져서 울어대었던 적도 있다. 한 번 떨어졌으면 정신을 차려야지 두 번을 떨어지다니, 지금 생각하니 웃음이 절로 나온다.

아버지의 뜰에서 어린 나무처럼 자랄 때에는 세상걱정을 몰랐다. 아버지의 뜰을 벗어나면서부터 온갖 세파의 고난은 시작되었다. 아버지의 뜰이 한없이 그립다.

산을 오르느라 지친 다리를 삽짝 너럭바위 위에 뻗었다. 사립문밖의 바위는 대여섯 명은 족히 앉을 수 있어 여름날 저녁이면 늘 이야기꽃을 피우던 곳이다. 제 몸 다 내어 받쳐주던 고마운 바위를 손바닥으로 쓰다듬어 보았다. 돌도 나이를 먹는 것일까? 비바람에 깎인 바위가 왠지 늙고 좁아든 느낌이다.

집터 옆으로는 예전부터 있던 으름 넝쿨이 더욱 무성해서 으름을 주렁주렁 매달고 있는 장관이 펼쳐졌다. 산신령께서 나에게 주려고 알맞게 익혀놓았는지 짝 벌어진 으름 숭어리가 옴포동이 같이 탐스럽다. 우리 모녀는 즐거워 어쩔 줄 모르며 실컷 먹고 한 가방 따 담았다. 으름 꽃은 보석방울 같다. 4월경이면 자줏빛 꽃송이가 작은 꽃등을 단 것처럼 핀다. 그 예쁜 꽃이 길 둥근 열매가 되어 달콤한 산중과일로 마련이 되다니 자연의 신묘함이 감탄스럽기만 하다.

선친의 묘소는 산등성이 양지바른 곳에 고즈넉이 누워있다. 이름 모를 가을 산꽃들이 흐드러지게 피었다. 안빈낙도安貧樂道로 살아가시던 아버지 영전에 자연이 꽃을 피워 주었나 보다. 꽃은 남겨두고 처삼촌 벌초하듯이 잡풀만 대략 베어내고는 술잔을 올려놓고 딸애와 나란히 앉았다. 그 누구도 범접치 못할 고요한 평화가 깃들어 있다. 문득 아버지가 들려주시던 이야기 한 대목이 떠올라 딸에게 전수한다.

"옛날에 계룡산 상봉 바위 아래서 도를 닦던 노스님이 계셨데. 그 스님이 하루는 신도안 장마당엘 내려갔는데, 장마당엔 개와 소와 돼지 같은 짐승들만 우굴 거리고 사람이라고는 떡을 파는 아주머니 한 분 뿐이더래."

"그 스님이 배가 고프셨나보네. 하긴 스님이 배가 고프다고 다른 사람을 짐승으로 보고 먹을 것을 파는 아주머니만 사람으로 볼 리는 없지."

딸애도 예전에 나와 똑 같은 대답이다. 스님의 눈에는 정말 사람다운 사람은 드물었을 것이다. 사람이면서 사람답지 못한 사람을 스님은 얼마나 슬픈 눈으로 보았을까?

　아침에 집에서 나올 때 눈앞에서 버스를 놓쳤고 또 종점에 와서도 택시를 기다리느라 시간을 허비했다. 산은 쉽게 어두워진다. 우리는 미끄러지고 넘어지면서 빨리 산을 내려왔다. 그러나 버스주차장까지는 오리쯤을 더 걸어야 한다. 이미 지치고 다리가 아파서 걸을 수 없는 상태다. 택시를 부르려고 몇 곳 연락을 해 봤지만 군사기지라 길을 모른다거나 터무니없는 돈을 요구했다. 하는 수 없이 지나가는 자가용을 얻어 타려고 손을 들었는데 우리의 꼴을 보더니 그냥 가버린다. 도랑물에 넘어져서 바짓가랑이가 젖고 흙도 묻어 차림새가 말이 아니기 때문이다. 가까스로 네 번째 승용차를 얻어 탔다. 차 안이 깔끔해서 몸을 오그리고 앉아 고맙다고 몇 차례 인사를 하고는 으름 몇 송이를 내어 놓았으나 자기들도 따왔다면서 사양을 한다. 우릴 일부러 주차장까지 태워다 주고는 그 분들은 동학사 있는 쪽으로 갔다. 그 분들의 뒤에다가 손을 흔들면서 마음속으로 이렇게 말했다.

　"스님! 스님이 보셨던 떡 파는 사람을 저도 보았습니다."

거름이 되기 위하여

 등산을 하다 잠시 그루터기에 앉아 쉬고 있을 때였다. 발밑에는 커다란 고사목이 쓰러져 섞어가고 있다. 그 둥치로 보아 수령 오십 여년은 족히 되었을 법하다. 오십 여년의 세월을 봄 되면 잎 피워 풍성하게 나부끼다 가을을 수놓던 화려한 꿈 다 접고 온전히 흙으로 돌아가는 과정이다.

 나무라 해서 어찌 사는 일이 늘 평탄하기만 했겠는가. 사지가 얼어붙어 떨던 밤은 그 얼마였으며, 뿌리째 뒤흔드는 모진 태풍은 또 얼마였을까? 삶에는 항상 역경과 고난이 따르기 마련이다. 슬픔 없이 얻어지는 기쁨은 없고 고통 없이 이루어지는 보람은 없다. 반드시 값비싼 대가를 치룬 뒤에야 값비싼 보배를 얻는 법이니까.

 고목이 쓰러지면 그 누운 자리만큼 거름이 된다. 나무가 살았을 때 더 많이 커 오르려 부단히 노력하는 것은 결국 죽어 더 많은 거름이 되기 위함이다. 거름이 된다는 것, 얼마나 숭고하고 거룩한 일인가? 고사목은 이제 제 몸을 희생해서 이룩한 거름을 제 씨앗이나 제 종류만이 먹기를 바라지 않는다. 그 어느 풀이나 나무가 먹고 자라든지 가리지 않고 아낌없이 다 내어 놓는다. 제 것을 따지고 제 자식을 따지고, 가장 따지기 좋아하는 것은 사람들뿐이다. 사람은 이 이기적인 생각을 나무 앞에서 벗어버려야 할 것이다.

묵은 것은 새로운 것을 위해 자리를 내어 주어야 한다. 슬픈 '죽음의 미학'이라고나 할까? 저 혼자만의 삶이 아니라 받은 만큼 되돌려 주어야 한다는 것 또한 자연의 이치다. 그 이치를 얼마만큼 잘 수행하느냐 못 하느냐는 개개의 재량에 달려있을 뿐이다.

썩어가는 고사목을 보면서 우리가 살아가는 일도 그러해야 한다는 것을 새삼 느껴 본다. 후대에 더 많은 거름이 되기 위하여, 기름진 토양을 만들어 주기 위하여 노력하여야 한다는 것을 절실히 느껴본다. 받은 만큼 돌려주어야 한다는 사명감도 느껴본다. 그런데 나는 무엇을 장만하여 거름을 내어 놓을 수 있을까?

계룡산

　무척도 좋다. 올려다보면 아득히 우아한 품위品位, 굽이쳐 내린 능선의 곡선曲線, 신선神仙 중에서도 으뜸가는 기개 높은 신선의 자태라고나 할까, 맑은 기운이 가득 넘쳐 장엄하면서도 어질고 선하면서도 위엄을 갖추었으며, 천황봉(상봉)에서 내려오는 바람을 마시면 속세의 묵은 때가 말끔히 씻어지는 듯 머릿속이 그럴 수 없이 상쾌하다.

　계룡산鷄龍山이란 이름은 닭이 용이 되었다는 뜻이다. 닭이 닭으로서 끝나지 않고 마침내 용이 되었다는 것은 빛나는 정신세계를 상징함이리라. 계룡산은 해발 828m, 봉우리로는 천황봉을 위주로 해서 연천봉, 삼불봉, 국사봉, 장군봉 등 여러 봉우리들이 불끈 불끈 솟아오르고 계곡을 흐르는 물 또한 암용추, 숫용추, 은선폭포 등이 절경이다.

계룡산

백운白雲 휘어감은
계룡
우렁찬 고성孤城이
새벽을 일으켜 세웠네

봉우리마다
선녀仙女
겹겹이 드리운 자락
날개옷 일렁이는 바람에
동이 트는 아침

한때 수십 가지의 종교가 난립했던 것도 산수山水가 그만큼 탁월했기 때문이리라. 내가 계룡산을 그토록 좋아하는 것은 내 유년의 꿈이 크던 곳이고 아버지의 일생一生이 담긴 곳이기 때문이기도 하다.

산 속에는 여기 한 집 저기 한집 새가 나뭇가지에 둥지를 틀 듯 띄엄띄엄 몇몇 집이 살고 있었다. 나는 겉모양은 초라한 산골 아이의 형색이었지만 한 마리 새끼 노루처럼 산山을 잘 탔다.

십 오리 학교 길을 비가 오나 눈이 오나 바람같이 달렸다. 음악 시간엔 다른 아이들의 목소리에 눌려 기어들어 가는 소리를 했어도, 산 모퉁이를 홀로 돌 때는 어느 가수 못지않게 낭랑한 노래를 불렀다. 안개가 자욱한 아침이면 안개를 마시면서 몇 발짝 앞만 트여 나가는 산길을 헤쳐 가노라면 동화 나라를 개척해 가는 기분이기도 했다. 안개는 언제나 암용추에서 피어올라 골짜기를 덮어 나갔다, 어른들은 암용의 조화라고 했다. 그때 그 산골 사람들은 신경통, 고혈압, 당뇨병이란 걸 몰랐다. 산나물에 보리밥에 감자를 주식으로 살아도 자연식과 생수와 맑은 공기 때문인지 깡마른 몸에도 빳빳한 기氣가 있었고 그 얼굴이 해맑았다. 가끔은 너무 순수하여 남의 꾀에 넘어가는 어리석음이 있어도 사람의 기본 바탕을 때 묻히지 않고 살아가던 다정한 얼굴들이었다.

산사람

청산에 깊은 뜻 홀로 담아
정겨운
산山 사람아
곱게 씻어 챙겨둔 마음

나뭇잎으로 날리며
산山그늘 나무 사이로
번개처럼 사라지던
그리운 사람아

아버지는 경상도에서 수도修道를 하려고 계룡산으로 와 일생
을 수도로 끝내셨다. 아버지의 수도 생활은 끊임없이 일하면서
산山을 사랑하고 봉사하는 정신으로 이루어졌다. 길을 닦는 일,
산사태를 때우는 일, 나무를 심고 가꾸는 일, 농사를 짓는 일이
었다. 지금도 암용추에 가면 아버지가 심은 느티나무가 큰 정자
나무가 되어 그곳의 경치에 더욱 어우러져 있어 마음이 뿌듯하
다.

한때는 미군부대가 들어와 상봉의 비석과 제단을 헐어 내는
데 아버지가 미군 고관을 찾아가 그곳은 산신山神을 모신 곳이
라고 손짓 눈짓으로 마음을 통하니 고관이 알아듣고 시멘트를
내 주어 아버지께서 손수 원상 복구시키셨다.

아버지는 숱한 발자국을 산에 찍고 끝내는 자신이 사랑하던
산자락에 묻히셨지만 영혼만은 아직도 수도를 끝내지 않았으리
라. 지금도 귀 기울이면 들리는 저녁마다 새벽마다 외시던 그
주송소리, 마음 같아서는 금방이라도 달려가 아버지 묘소도 살

28

피고 천황봉을 향해 큰절이라도 올리고 싶지만 밤마다 꿈길로만 찾아 나선다. 나무는 나무끼리 얼굴 맞대고 바위는 바위끼리 마주보고 웃는 정다운 내 고향산천이여!

계룡산2

  계룡산은 예로부터 명산이라고 알려졌다. 삼국유사에 보면 신라 '경덕왕이 나라를 다스리기 24년, 5악의 신들이 가끔 궁전 뜰에 현신하여 모이곤 했다'고 적혀있다. 그 5악의 산 중에 계룡산이 들어있다. 계룡산 산신령은 할머니라 한다. 스란치마를 곱게 입으신 영명한 할머니! 정이 철철 흘러넘치고 인자한 우리 할머니!

  계룡산은 산세가 탁월하기 때문에 이조태조 이성계도 도읍을 정하려고 계룡산 바위굴에서 백일기도를 시작했다고 한다. 그러나 기도를 시작한지 사흘이 되자 계룡할머니가 꿈에 나타나서 '여기는 네 터가 아니니 한양으로 올라가거라.' 하고 엄한 호령을 내리셨다 한다. 이성계가 몹시 노여워 쫓겨 가면서 그 보복으로 계룡의 남쪽 분지 일대를 사람이 살지 못하게 묵지로 만들었다고 한다. '신도안'이라는 명칭은 이성계가 새로운 도읍을 정하려고 한 곳이라는 데서 연유한다. 이곳에는 그때 대궐을 지으려고 갖다 놓은 집채 같은 주춧돌들이 '대궐터'에 남아 있다.

계룡산에는 산 깊은 곳에까지 절터의 흔적이 여러 군데 남아 있다. 절터에는 기왓장 조각, 사기그릇 깨진 것들이 '출토'되었고, 또 양지 바른 곳에 무덤으로 보이는 잔디가 남아 있는 것으로 보아 고려시대에도 이곳에 사람이 살았던 것으로 추측된다.

계룡산에서 도를 닦으면 득도를 한다고 사람들이 몰려들었다. 집 하나를 지으면 교 하나가 생긴다고 할 만큼 세계에서 가장 많은 60여종의 유사종교 군락지가 되었었다. 지금은 모두 다 철거되고 군사기지가 들어와 무공해 천국이 되었지만.

어떤 사람은 계룡산에서 수도를 하다가 눈에 귀신의 마음까지 훤히 비친다는 조요경照妖鏡을 얻게 되었는데 귀신들이 나타나 어찌나 넋두리를 해대든지 그 얘기들을 다 들을 수가 없고 귀찮아서 그는 늘 귀신을 쫓느라 엄나무 지팡이를 휘두르며 다녔다는 일화도 있다.

계룡산에는 '구픈'이라는 곳이 있다. 상봉에서 좌측으로 기세 있게 내리 뻗치는 산세는 등과 골짜기를 이루어 그야말로 청산옥수가 흘러내리는 심산유곡이다. 그 적막한 아름다움을 어찌 말로 표현할 수 있을까? 신선의 경지 그대로다. 이곳의 지명을 '구픈'이라 함은 잘은 모르지만 아마도 깊은 골짜기라 하여 '깊은'이 '구픈'으로 변하여 전해진 것이 아닌가 싶다.

'구픈'에서는 산 능선을 넘어 동학사로 가는 길이 여러 곳이 있다. 그 길이 '낮은 목', '명당 골', '비둘기 목', '구럭 재'라는 이름이다. 구럭 재는 용화사 절 뒤로 올라가다가 처음 동학사로 넘어가는 길인데 이 길로 여승들이 용화사에서 동학사로 오고 가고 하던 길이나 산이 험하게 구럭이 져서 발을 잘못 디디면 몇 길 구럭 아래로 떨어져 버릴 정도로 위험한 곳을 산허리를 타고 돌아가는 곳이다. '비둘기목'은 구럭재 다음으로 산을 더 돌아서 동학사로 넘어가는 길인데 그저 무난하여 사람들은 이 길을 가장 많이 이용했다. '명당골'은 산이 높아 잘 이용하지 않았으니 명당자리의 묘지가 있다고 해서 그렇게 불렸고, '낮은목'은 상봉에서 내려와 동학사로 가는 첫 번째 길로 고개가 가장 낮았다. 장소에 걸맞게 붙여진 지명들이다.

흔히 등산을 하면서 정복을 했다는 말을 대수롭지 않게 쓰는데, 그 누구도 계룡산을 다녀와서 그런 말을 감히 쓰지 말았으면 한다. 산이 어찌 한낱 인간에게 정복을 당하겠는가? 가당치 않는 말이다. 산은 신령스러운 곳, 그 신령스러운 경지를 갈 때에는 잡다한 마음일랑 다 버리고 조심스럽게 숙연한 마음가짐으로 갈 일이다.

계룡산 구비 길을 스님 돌아가는 걸까

나무들 세월 벗고 구름 비껴 섰는 골을

푸드득 하늘 가르며 까투리가 나는 걸까?

　스님 시인 조오현님의 '오봉산 가는 길' 중에서 비슬산을 계
룡산으로 바꾸어 읊어 보았다.

호랑이

　산림의 왕자 호랑이는 전설이나 민화 속에서 심심치 않게 오르내리지만, 무속인의 집이나 산신각에 가면 신神의 말馬로 우대를 한다. 호랑이는 용맹스러운 눈과 날렵한 몸매 화려한 털로 화가들의 화폭에서도 매우 사랑 받고 있다.

　호랑이 담배 먹던 얘기를 하는 것 같지만, 조선시대 문관의 관복에는 한 쌍의 학을 수놓은 쌍학흉배雙鶴胸背를 등과 가슴에 붙였고, 무관의 관복에는 한 쌍의 범을 수놓은 쌍호흉배雙虎胸背를 붙였으니, 문관은 학과 같이 깨끗함을 상징하였고, 무관은 범의 용맹성을 상징하였던 것이다.

　어렸을 적 눈이 온 날 아침이면 우리 집 앞마당에 자주 호랑이 발자국이 찍혀 있었다. 소 발자국보다는 작고 노루 발자국보다는 큰 그 발자국은 외줄로 이어진 것이 특징이다. 호랑이는 발이 네 개인데 발자국이 외줄로 나 있다니 참 신기한 일이다.

한 번은 달도 없는 칠흑 같은 밤이었는데 동학사 산 쪽에서 푸른빛의 불빛이 나타나더니 앞 산등성이로 달려가는데 그 속도가 어찌나 빠른지 자동차에 비할 바가 아니었다. 길도 없는 수풀과 바위 벼랑을 거침없이 달리는 호랑이. 호랑이 이야기는 마을 사람들의 입에 자주 오르내렸다.

아래 '고랑말'에 사는 '갑진'이라는 아저씨는 집을 지을 때 쓰려고 새벽같이 동학사 쪽 산으로 들어가 톱으로 나무를 베었는데 나무가 쓰러지는 순간 호랑이가 툴툴 털며 일어났다고 한다. 그래서 그는 그만 혼비백산魂飛魄散, 톱이고 지게고 뭐고 다 팽개치고 '걸음아, 날 살려라' 하고 도망쳐 왔다고 했다. 그 당시는 산감山監이 나타나 나무 베는 사람을 수갑을 채워 잡아가던 시절이었다. 그래서 산감을 피해 일찍감치 산에 갔다가 호랑이를 만나 그만 혼쭐이 났던 것이다.

또 신도안 골룬에 살던 총각 둘은 동학산에 갔다가 친구가 보이지 않아 찾아보니 친구는 이쪽에서 굳은 듯이 서 있고, 호랑이는 저쪽에 서서 쳐다보고 있었는데 그 광경을 보자 자기도 그만 사지가 얼어붙은 듯 꼼짝을 못 하겠더라는 것이다. 그렇게 얼마를 서로 쳐다만 보고 있는데 호랑이가 슬그머니 돌아서 가므로 겨우 발이 떨어져서 올 수 있었다는 것이다. 그러니까 호랑이는 어쩌나 보려고 바라본 것이지 사람을 해칠 심사는 아니었다는 것이다.

마을에서는 개나 돼지를 기르는 집도 있었지만 한 번도 호랑이가 물어 갔다는 소식은 없었다. 그런데 미군부대가 계룡산 천황봉에 진을 치고, 양색시가 들어오고, 쓰레기, 배설물들이 산에 쌓이자 호랑이가 미군 한 사람을 물어가 버렸다는 둥, 한밤중에 미군이 트럭을 몰고 올라오는데 산에서 호랑이가 흙을 뿌려대었다는 둥 소문이 떠돌았지만 믿을 만한 소식통은 아니다.

옛말엔 '호랑이도 제 밥에 지워져야 먹는다.'고 한다. 전설 속에서는 효부나 열녀를 태워다 주면 자기 집에 개가 없을 땐 이웃집 개라도 손가락으로 지적해 준다는 말이 있다. 그것은 호랑이에게 도움을 받은 보답을 하는 것이라고 했다.

그러나 지금은 호랑이가 보이지 않는다. 요즘이야 사람이 범을 무서워하는 것이 아니고 범이 사람을 무서워하니 깊은 굴속에 꼭꼭 숨어서 낮에는 꼼짝을 할 수 없고 밤에 산야를 휘돌아봐야 다른 짐승들은 깊이 숨어 잠을 자고 있으니 보물찾기를 하듯 뒤져봐야 먹이를 찾기 어려울 테니 굶주릴 것이고 그러다 보니 새끼를 낳지도 못해 점점 더 그 수효가 줄어들고 있는지도 모른다.

어쩌면 지구상에서 공용이 없어지듯 오랜 세월이 흐르고 나면 호랑이도 사라져버릴지 모르는 일이다. 이미 남한에서는 지리산이고 설악산이고 그 어느 산에서도 근래에는 호랑이를 보았다는 소식이 없다. 그래서 우리나라에는 호랑이가 살지 않는다고 하지만, 어디엔가는 반드시 호랑이가 살고 있을 것으로 믿고 있다.

계룡산 호랑이는 영물靈物이라 했다. 산마을이든 큰 마을이든 가축이 이집 저집 흐드러지게 자라고 있어 배가 고프면 입맛대로 잡아갈 수도 있겠지만, 그런 행동은 절대로 하지 않았다. 호랑이는 산림의 왕자답게 산에 있는 모든 동물을 아끼고 살생을 적게 하려고 애를 썼다는 것이다.

계룡산 호랑이는 지금 어느 바위굴 속에서 무상무념에 잠겨 있는지.

마이산

    낙엽이 스산하게 떨어지고 가을비가 추적추적 내리는 날씨는 차에서 내리면서부터 한기를 느끼게 했다. 그러나 거대한 바위산의 풍경은 놀라움과 신비함으로 눈앞에 펼쳐졌다. 이곳은 어느 별천지일까? 우리의 하늘 밑에 이토록 웅대한 별천지가 있다니, 눈과 가슴은 연신 감탄사를 연발하기 바빴다. 분명 신의 경지였다. 어느 예술성이 탁월한 신께서 오랜 심혈을 기울여 만고불후의 거작을 이룬 것일까?

    탑사에 들어서면서 전개되는 바위와 탑과 절의 풍경은 더욱 놀라웠다. 절 옆으로 산봉우리 같은 거대한 바위는 흙이라고는 한 줌 없이 자갈과 콘크리트로 쌓아 놓은 것 같았다. 안내 책자에는 7천 만 년 전에 서식했다는 쏘가리를 닮은 민물고기와 조개류의 화석이 있는 것으로 보아 이 높은 고원지대와 마이산의 자리가 호수나 강이었으며 백악기의 지층의 융기 현상에 의해서 지금과 같은 고지대가 되었다고 적혀 있었다.

그 거대하고 장엄한 바위 옆으로는 80여 개나 되는 돌탑들이 이색적인 풍경을 연출해 내고 있었다. 천지탑, 오방탑, 바람이 불면 잠시 흔들렸다가 제 자리에 멎는다는 흔들탑, 탑은 이갑용 옹이 10년에 걸쳐 쌓았다 한다. 이갑용 옹의 좌상이 있는 안내문을 읽어가다가 돌 하나하나에 정성을 들여 탑을 쌓은 그 분의 위대한 정신에 고개가 숙여졌다. 사람이 태어나 성장하면서 자기만의 이익과 생존을 위해 주변만을 맴돌다가 죽어 간다면 소극적인 삶에 지나지 않는다. 좀 더 크고 원대한 생각을 가지고 뜻있는 일을 한다면 무언가 한 가지쯤은 이룰 수 있다는 것을 보여주고 있다.

마이산은 신라 때는 서다산西多山, 고려 때는 용출산湧出山, 조선 태조는 속금산이라 했고 조선 태종이 마이산馬耳山이라 했으며, 또 계절에 따라 봄에는 배의 돛대 같다고 해서 돛대봉, 여름에는 용의 뿔 같다고 해서 용각봉, 가을에는 말의 귀 같다고 마이봉, 겨울에는 온 천지에 눈이 하얗게 덮여도 검은 바위가 그대로 돌출해 있는 모습이 마치 붓에 먹물을 찍은 것 같다고 해서 문필봉이라 불렀다 한다.

마이산 안내 책자에는 다음과 같은 전설이 소개되어 있었다. 아득한 옛날 산신 부부가 두 아이들과 함께 살고 있었다. 그들이 하늘로 올라갈 때가 다가오자 남편 산신이 아내 산신에게 말하기를 사람들이 보지 않는 한밤중에 등천하자고 했다. 아내 산신은 밤에는 무섭고 또 피곤하다며 한잠 푹 자고 난 뒤 이른 새벽에 등천하자고 했다. 남편 산신은 아내 산신의 고집을 꺾지 못해 이튿날 새벽에 오르게 되었다. 어떤 부지런한 아낙네가 우물에 나갔다가 산이 둥둥 떠올라 등천하는 모습을 보고 깜짝 놀라서 소리쳤으므로 산신 부부는 그만 등천하다 그 자리에 굳어져 마이산이 되었다. 화가 난 남편 산신은 아내 산신을 걷어차고 데리고 있던 두 아이까지 빼앗았다. 그래서 지금도 암 마이봉은 숫 마이봉과 돌아앉은 자세로 고개를 숙이고 후회하는 모습을 하고 있다는 것이다.

마이산은 진안 쪽에서 바라보면 말의 귀 모양으로 왼쪽이 숫 마이봉(667m)이고, 오른쪽이 암 마이봉(673m)이다. 이 두 봉우리 사이로 계곡이 있으며 그곳을 분수령으로 북쪽은 금강의 최상류이고 남쪽은 섬진강의 최상류라 한다. 숫 마이봉의 중턱에는 화암굴이 있는데 바위의 중턱에서 약수가 솟아나고 있으며, 이 물은 가물어도 마르지 않으며 비가 아무리 많이 와도 넘치지 않는다니 신의 조화라 해도 과언이 아니다.

마이산. 내 눈과 가슴과 전신으로 이토록 신비한 자연의 품을

다녀갈 수 있으니 내가 살아 있다는 기쁨이 무한정으로 벅차오
르며, 하늘과 산과 바위와 나무와 모든 사람들에게 감사하는 마
음이 자꾸만 솟아 넘치고 있었다.

　마이산! 그 거대한 바위로 우뚝우뚝 솟아오른 웅대한 자연의
풍치, 그 아래 수많은 돌탑의 정경은 영원토록 나에게 신선한
충격으로 다가올 것 같았다.

남해의 금산

바다는 마치 수만 마리의 고래 떼가 달려가고 있는 것처럼 시퍼런 물굽이가 굽이쳐 가고, 그 위로 빨간 줄 하나를 공중에 던져 육지와 섬을 이어놓은 듯 남해 대교는 참으로 장관이었다. 하늘과 다리와 섬이 더할 수 없는 묘한 풍광을 연출해 내고 있다. 아! 이 땅위에 이토록 아름다운 풍경이 있을 수 있을까? 마치 그림에서나 볼 수 있음직한 신비로움이 눈앞에 펼쳐져 있다.

그 신비함 속으로 버스는 미끄러지듯 들어가더니 금산 자락에다 우리를 부려 놓았다. 거기서부터는 산 중턱까지 올라가는 봉고차를 타야 했다. 차는 여러 대가 연신 관광객을 실어다 날랐지만, 전국에서 모여든 사람들이 어찌나 많은지 따가운 한나절의 햇볕을 받으면서 몇 십 분이나 줄을 서서 기다려야 했다.

봉고차는 산 구비를 돌며 오르기 시작했다. 차안에서는 불교 음악이 흘러나왔다. 인도 본토의 음악인 듯 가볍게 구르면서 울려나오는 그 소리는 하늘의 선녀가 비파를 타는 천상의 음악 같았다. '저 부처님 세상에는 잔잔한 바람이 잠깐 움직이면, 보배로 된 가로수와 보배 그물에서 미묘한 소리를 내는, 마치 백 천 가지 음악이 한꺼번에 울리는 것 같나니, 비 내리는 하늘에선 만다라 꽃이 피어나고 맑은 아침이면 각각 꽃바구니에 온갖 꽃을 담아서 부처님께 공양하고 수행을 즐기느니라. 극락세계는 이러한 공덕으로 꾸밈을 이루었느니라.' 마치 경전의 말씀이 들리는 듯하다.

드넓은 바다 한편에 홀로 푹 솟아오른 것 같은 금산은 기암괴석으로 웅장하고 장엄하게 펼쳐 내렸다. 이 비단 자락보다 더 아름다운 산천을 왜적의 사악한 무리들이 더러운 발로 짓밟았다니, 이 땅을 지키기 위해 또 얼마나 많은 선조들이 목숨을 초개같이 버려야 했단 말인가? 금산의 꼭대기에는 밤낮으로 바다를 바라다보며 왜적의 무리들이 쳐들어오는가를 살폈던 봉수대가 있다. 이순신 장군께서 한려수도 푸른 바다를 오가며 왜적을 쳐부수기에 혼신을 쏟았던 저 바다, 수많은 원혼들이 잠들어 있을 저 바다가 지금은 자못 평화롭다.

원효대사가 창건했다는 보리암이 절벽 난간에 아슬아슬하게 자리하고 있다. 절에서 아래로 내려다보니 천 길 낭떠러지에 현기증이 난다. 금산은 38경이라고 하는데 이 보리암의 경치가 으뜸이란다. 또 금산은 이성계의 전설이 묻혀있기도 하다.

이성계가 임금이 되려고 신의 계시를 받기 위해 처음 백두산에 들어갔으나 산신이 뜻을 받아 주지 않자, 지리산에 들어갔지만 역시 마찬가지였다. 마지막으로 이성계는 이곳 보광산(그때는 금산이 아니고 원효대사가 보광사를 짓고 산 이름을 보광산이라 붙였다 한다.)에 들어와 기도를 하던 중 며칠을 함께 밤샘을 한 신하가 깜빡 잠이 들었는데 '기도하는 자의 몸에 쇠가죽이 붙어 불결하다'는 신의 소리를 들었다. 신하가 이 말을 전하자 이성계가 몸을 살펴보니 쇠가죽으로 만든 열쇠고리가 있었다. 열쇠고리를 얼른 떼어 먼 곳에다 버렸다.

기도를 한지 100일이 지난 뒤 사흘 밤을 계속하여 이상한 꿈을 하나씩 꾸었다. 첫째 꿈은 자기 몸에 몽둥이 세 개를 짊어진 꿈이고, 둘째 꿈은 자기 몸이 큰 가마솥 안에 들어 있는 꿈이고, 셋째 꿈은 목 없는 병이었다.

궁금함을 견디지 못한 이성계는 해몽을 잘 하기로 유명한 노파를 찾아갔다. 마침 노파는 어디 가고 그의 외딸이 있었는데, 기다리는 이성계에게 미안했던지 딸이 꿈 풀이를 해주었다.

'몽둥이 세 개는 관가에 끌려가 곤장 세대를 맞을 징조요, 목 없는 병은 목을 잘릴 징조요, 가마솥 안에 든 것은 삶아 죽을 형벌을 받을 징조인 것 같습니다.' 하여, 이성계는 크게 노하여 노파의 딸을 꾸짖은 뒤 언짢은 마음으로 돌아섰다.

　돌아가는 길에 다행히 노파를 만나 꿈과 딸의 해몽을 말했다. 노파는 꿈 이야기를 듣고 한참 묵상에 잠기더니 '알지 못하는 딸을 용서해 주십시오. 대 길몽입니다. 몽둥이 세 개를 진 것은 그 형체가 임금 왕자이니 임금이 될 징조요, 목 없는 병은 병 밑을 조심하여 드니 반드시 만인이 추대할 징조요, 가마솥에 든 것은 금성철벽의 궁중으로 드실 징조입니다. 이런 꿈은 또다시 없을 지니 앞날이 빛나시리라' 하고 말하였다. 이성계는 노파의 꿈 해몽에 감동하여 돈 1,000냥을 사례로 주고 그 날로 산을 내려왔다. 그 때 벌레들이 보광산 초목들의 잎을 왕자(王字) 모양으로 갉아먹었다고 한다.

　훗날 조선의 태조로 등극한 이성계는 보광산의 은혜를 깊이 깨달아 산 전체를 비단으로 감싸 산을 빛내어 주려 하였으나 그것이 어려워 산 이름을 비단 금자로 써 금산이라 이름을 지었다고 한다. 이리하여 보광산은 그 때부터 금산이라 불리게 되었다는 전설이다. 금산은 해발 681m 이며 깎아지른 우람한 기상의 풍치에 푸른 정기가 청청히 감도는 소금강산이다. 확 트인 바다, 그 푸른 물결을 바라보면서 산을 내려와 다시 그림 같은 풍광의 남해 대교를 꿈처럼 스치며 나왔다.

암용추, 숫용추

 계룡산 계곡 동쪽으로는 '암용추'가 있고 서쪽으로는 '숫용추'가 있다. 바닥은 온통 흰 반석으로 깔려있고 크고 작은 바위들과 울묵줄묵한 돌들이 모여 계곡이 된 이곳엔 사시사철 넉넉한 청산유수가 흘러내린다. 이 물을 손을 바가지처럼 해서 떠가지고 들이마시면 목구멍이 시원하게 씻겨 내려가는 싱쾌한 기분이 든다.

 이 계곡은 겨울에는 온통 얼음천지다. 하얀 얼음이 장대하게 펼쳐져 그야말로 얼음 비탈이 된다. 여름에는 울창한 숲이 운치를 더한다. 그런데 참 이상하게도 암용추에는 총각들이 목욕을 했다. 그것도 아주 옷을 홀라당 벗어던진 채. 어른들이 지나가면 물속에 숨어 앉았다가도 저 멀리서 처녀가 나타나면 자랑이라도 하듯이 물밖에 나와 서성거렸다. 여름방학이면 약수암이나 삼신당에 대학생들이 많이 와서 하숙을 했다.

숫용추 인근에는 무속인들이 많았다. 전국 각지에서 찾아와 목욕재계를 하고 기도를 드렸기에 여자들이 목욕을 했다. 암용추에서는 남자들이 목욕을 하고, 숫용추에서는 여자들이 목욕을 했으니 거기에도 참 희한한 음양의 조화가 있었나 보다.

이곳에 내가 들은 이야기가 있다. 암용추 아래에는 목이 부러진 돌부처가 있었다. 모 교당의 마당에 세워져 있던 부처다. 그 교당은 부처는 있었지만 절은 아니었다. 당시 그 교당의 사위한 사람이 며칠을 돌부처와 언쟁을 하고 주먹질을 하며 싸움을 하더니만 하루는 돌부처에 줄을 감아가지고 끌고 내려갔다. 그래서 빈들 바위에서 아래로 굴러 떨어뜨려 그만 부처가 목이 부러졌다.

그리고 며칠 뒤 그가 술에 취해가지고 오다가 부처를 굴려버린 바로 그 자리에서 자신도 굴러 떨어져 죽었다. 사람들이 시체를 메고 올라와 집 근처 밭에다가 표시가 나지 않도록 평장을 하였는데, 일제 때는 묘지를 공동묘지에 써야 했기에 왜놈들이 알면 큰일 난다며, 밤에 시체를 파서 공동묘지로 옮기기로 했다.

장정 몇 명이 등불을 들고 시체를 운반하고 내려가던 중에 꼭 그 자리에서 또 시체까지 굴러 떨어지게 되었다고 한다. 일꾼들은 지대가 험한 곳을 내려가 시체를 수습해 공동묘지까지 가느라 큰 고생을 했다는 것이다. 나는 초등학교에 다닐 때 부러진 부처의 목이 그 냇가에 있는 것을 보았다.

또 산 중턱에 한 무속인이 살았다. 사람이 어찌나 독하든지 열 살도 안 된 여자 아이에게 매일 연탄을 두 장씩 나르게 했다. 아랫마을과 그곳은 산길로 십리가 넘었다. 어린 것이 연탄을 머리에 이고 힘겹게 올라가는 모습은 너무 가엾어서 볼 수가 없었다 한다. 부모가 없는 아이를 데려다가 학교도 보내지 않고 일만 부려먹은 것이다. 그곳이 철거되면서 그는 자기가 모시고 돈벌이를 하던 부처님을 땅에 거꾸로 묻고 떠났다. 그러나 얼마 가지 않아 사지가 뒤틀려 죽었다고 한다.

내가 살던 아래 마을에 작은 절이 하나 있었다. 그 절의 스님은 학식도 높을 뿐더러 매우 호인이어서 어른에게나 아이에게나 웃으며 친절하게 대해 주었다. 그런데 그 스님에게는 소 소리를 하는 아들이 있었다. 날마다 음메- 메-하는 소리밖에는 못했다. 스님의 어머니는 아주 유명한 무속인이었는데, 큰 소를 한 마리씩 잡아놓고 천재를 지냈다 한다. 그러니 재물도 어마어마하게 차렸을 것이다. 한 번은 그만 새끼 밴 소를 잡아놓고 기도를 올렸는데 손자가 태어나면서 소 소리를 하며 우는 것이다. 그 아이는 장정이 되어서도 다른 말은 전혀 하지 못하고 송아지가 어미를 부르는 소리와 어미 소가 대답하는 소리밖에는 내지 못한다는 것이다. 그 집 옆을 지날 때면 무서워서 벌벌 떨었다. 소 소리하는 남자가 나오면 아이들은 줄행랑을 쳤다.

세월이 흘러 스님도 유명을 달리 하고 모자母子만 남았다. 그 후 그곳이 군사기지로 수용되면서 모두 다 고향을 떠나게 되었는데, 소 소리를 하는 아들이 아무데나 돌아 다녀서 그 어머니가 아들 뒤를 따라 다니기가 몹시 힘에 겨웠다고 한다. 그런데 누가 수면제를 먹이라고 가르쳐 주었다. 그래서 밥이나 반찬에다가 수면제를 넣어 먹여 노상 잠만 자게 하니 오래가지 않아 그만 죽고 말았다. 얼마 뒤 그 어머니도 죽었다고 한다.

새끼 밴 짐승을 죽이면 그 짐승이 죽으면서 자신이 죽는 것보다 새끼를 죽이게 된 것에 몹시 슬퍼한다는 것이다.

약수터에서

그 날은 약수터에 참 묘한 풍경이 벌어졌다. 원두막 같이 지어진 지붕 아래로 기다랗게 펼쳐진 나무의자 위에 50대 중반쯤 돼 보이는 아저씨 둘이서 몸을 있는 대로 뻗치고 자고 있었는데, 얼마나 깊이 잠이 들었는지 푸우 거리기도 하고 크르릉 대기도 하며 여름 한나절의 오수를 즐기고 있었다.

그런데 그 두 아저씨가 서로 어찌나 대조적인지 웃음이 절로 터졌다. 한 아저씨는 살이라고는 한 점 찾아볼 수 없을 만큼 뼈에 가죽만 붙어 가지고 마른 나뭇가지 같은 다리에는 어울리지 않을 만큼 커다란 구두를 신고 있었으며, 배는 푹 꺼져 내려가 등가죽에 붙어서 달싹거리며 자고 있는 모습이 측은하기만 했다. 반면에 한 아저씨는 하도 살이 쪄서 얼굴인지 목인지도 구별하지 못할 지경이었으며 배는 앞동산만큼이나 불러올라 나무의자가 휘어지려는 것으로 보아 아마 백 몇 십 킬로그램은 족히

나갈 것 같았다. 그 아저씨는 숨 쉬는 것조차도 힘이 드는지 크르릉 거리다가는 한참씩 호흡이 단절되었다가 다시 이어지곤 했다.

아마 이 광경을 어느 사진작가가 보았다면 옆으로 찍고 위로 찍고 카메라 렌즈를 번쩍대며 환호성을 지를 만 했다. 대단히 죄송한 말이지만 그 아저씨들의 모습에서는 폭소가 절로 터지게 하였으며, 그 폭소 뒤에는 싸한 메시지를 전달해 줄 사진 작품이 나올 법도 했으니까. 세상살이 사람살이가 왜 이렇게 공평하지 못한 것일까? 어느 쪽은 너무 부족해서 탈이고 어느 쪽은 과다하게 넘쳐서 탈이니 부족한 쪽도 넘치는 쪽도 그 만큼의 고통을 겪어야 하는 것은 당연한 일이다.

수술대에 올려놓고 저 살찐 아저씨의 살을 마른 아저씨에게 반만 떼어 줄 수 있다면, 살찐 아저씨는 제 살을 쉽게 나누어주려고 할까? 또 마른 아저씨는 그 살을 받아 자기 몸에 붙이려 할 것인가? 이들은 둘 다 비정상이다. 정신적으로는 정상일지 몰라도 육체적으로 보기에는 틀림없이 비정상이다. 그러나 그들 자신은 그렇게 생각하지 않을 것이다. 도리어 비정상이라는 말에 노발대발할 것이다. 누구나 자신에 대해서는 엄격한 판단을 회피하려 하니까.

누가 그랬다. 세상은 그래서 재미있는 것 아니냐고? 짓궂고 장난기 많은 신神들이 다니면서 웃기는 장면들을 만들고 다닌다나. 마른 아저씨에게는 무엇을 먹으려 하면 짓궂은 신이 못 먹게 훼방을 놓고 뚱뚱한 아저씨에게는 그만 먹으려 해도 먹도록 부추겨 놓고는 쿡쿡거리며 웃어 댄다나. 그러나 자기 의지가 강한 사람은 그런 짓궂은 신의 장난에 말려들지 않는다는 것이다. 그런 사람에겐 아예 신이 접근하려 들지도 않거니와 몇 번 접근해서 시도를 해 보다가 고집불통이라 도저히 말을 들어먹지 않으면 재미없어 포기하고 간다나. 그게 사실이라면 그런 신의 장난기에 절대로 말려들어서는 안 될 일이다.

한 잠을 느슨하게 잤는지 두 아저씨들은 일어나 물병이 든 가방을 짊어지고 무슨 얘기들을 해 가며 산을 내려가고 있었다. 나도 물병을 짊어지고 그들의 뒤를 따랐다. 그런데 나는 그만 뒤뚱 하면서 돌부리에 걸려 넘어지고 말았다. 과체중이라, 내가 지금 남 말 할 처지가 아니지.

나무와 같이

　속리산 법주사 입구에 정이품正二品 소나무가 있다. 수령이 무려 800년이나 되었다 한다. 나무 한그루가 어찌 이토록 수승殊勝할 수 있을까? 위용 있는 풍채는 과연 정이품의 벼슬을 받고도 남음직하다.

　자세히 보니 나무껍데기는 세월의 무게만큼이나 두텁고 허옇게 늙었지만 솔잎은 여전히 청청한 기운이 생동한다. 기록에 의하면 1464년 세조가 이 나무 아래를 지날 때 나뭇가지가 아래로 드리워져 임금을 모신 연輦이 지나가기 어려워지자 나무가 스스로 가지를 위로 쳐들어 주었다는 것이다. 그러므로 세조가 감탄하여 나무에게 정이품이라는 벼슬을 내렸다는 것이다. 무려 800여 년 동안이나 비바람 온갖 풍상 다 겪으며, 굽이치는 조선의 역사를 묵묵히 바라 본 정이품의 소나무! 우리는 고개를 숙이고 그 굳건함을 우러러보아야 할 것이다.

이 하늘 아래 어찌 사람만이 제일이라 하겠는가? 때로는 나무가 사람보다 더 위대하다 할 수 있을 것이다. 자연의 가치로 따진다면 사람이 나무에게 어찌 도전장을 낼 수 있을까? 산야를 꽉 메우고 싱그럽게 커 가고 있는 저 작고 큰 나무들! 그 하나하나가 모여 숲을 이루고 계절을 장식할 때 산은 비로소 제모습으로 우뚝 설 수 있고 새들은 찾아와 가지 위에 둥지를 틀고 노래할 수 있으며, 온갖 생명이 뛰어 노는 넉넉한 품속이 되는 것이다.

나무 없는 산을 어찌 산이라 할 수 있을 것이며, 나무 아니고는 그 황폐함을 무엇으로 채울 수 있겠는가? 산은 나무로 해서 살아나고 사람도 나무로 인해 숨 쉴 수 있으니 나무가 소중타 아니 할 수 있으랴. 겨울 산야에 가보라. 가는 나무는 가는 나무대로 굵은 나무는 굵은 나무대로 설한풍 눈보라에도 끄떡 않고 알몸 다 내어 놓고는 나처럼 굳세어라 한다.

사람도 나무처럼 살아야 하리. 모진 세파에도 꺾이지 않고 굳세게 굳건하게. 나무는 그 둥치 언제나 변치 않으면서도 잎사귀늘 새롭게 변화한다. 봄에는 새잎 틔우고 여름엔 풍성한 잎으로 장식하고 찬란한 가을을 장식하다가 미련 없이 훌훌 털어 빈 가지로 서는 나무. 버리지 않으면 시작할 수 없음을, 묵은 것이 차 있으면 새것을 받을 수 없음을 원칙으로 아는 나무. 사람도 나무처럼 살아야 하리.

　웅장한 산꼭대기 천길 절벽에서도 바위틈에 뿌리를 박고 꽃으로 잎으로 서는 나무! 해풍 몰아치는 외딴섬 벼랑 끝에서도 청청한 푸른빛 하나를 깃발처럼 휘날리는 나무! 때로는 곧고 장대하게, 때로는 곡선으로 기기묘묘하게, 때로는 풍성하고 웅장하게, 그래서 더욱 진귀하고 신기함을 보여주는 나무! 나무는 곳곳에서 자연의 풍요로움을 장식하고 있다. 정원에서, 거리에서, 마을 어귀에서 척박하면 척박한 대로 하늘을 향해 끝없이 커 오르려 최선을 다하는 나무! 생명의 빛을 주고, 꽃을 주고, 열매를 주고, 받는 것 하나 없어도 모조리 다 베풀기만 하는 나무! 사람도 나무와 같이 그렇게 살아야 하리. 비울 때 비울 줄 알고, 베풀 때 베풀 줄 알며 신선하고 향기롭게, 그렇게, 그렇게.

가을에 울리는 서곡

　서늘한 바람이 대추나무 가지를 흔들어 대더니 어느새 살이 오동통하게 오른 대추가 붉은 뺨을 드러내고, 석류 항아리는 빠알간 알을 가득 담고 가지가 무겁게 매달려 있다. 가을이 왔다. 오곡백과가 무르익어 넉넉해지면서도 귀뚜라미 뚜르르 울어대는 소리에 왠지 허전해져가는 계절. 만상의 느낌이 밀물처럼 밀려오면서 깊은 우수에 젖게 하는 가을. 소슬한 바람이 자꾸만 가을의 정취를 무루 익히고 있다.

　가을에는 사랑을 하고 싶다. 가을처럼 꽉 차 있으면서도 텅 비어 있는 듯 쓸쓸한 사랑을, 그윽한 눈빛으로 황홀하게 훨훨 다 태워 버리고 못내 보내기 아쉬워 슬픈 눈물을 지을 그런 사랑을. 떠나보내야 하는 사람 앞에 새벽이슬을 가득 머금고 초연히 웃는 하얀 들국화로 손 흔들고 싶다.

　가을에는 노래를 부르고 싶다. 높았다가 낮아지고 짧았다가 길어지는, 끊어졌다 이어지고, 떨리고, 멋들어지고, 간드러지게 옥구슬 같은 맑은 목소리로 명주실을 뽑아 밤하늘을 수놓아 가듯 그렇게 노래를 부르고 싶다. 누가 들어주는 이 없어도 좋다. 나 혼자 오래오래 부르고 싶다. 한 잎 단풍이 마지막으로 뚜–욱 떨어져 갈 때까지 긴 노래를 부르고 싶다.

아아! 열두 가지 고운 비단을 자락자락 펼쳐 가는 가을이여! 가을에는 단풍나무 아래 기대어 시를 읊고 싶다. 릴케의 '낙엽', 서정주의 '국화 옆에서', 한용운의 '님의 침묵'을 나직한 목소리로 낭송하고 싶다. 메마른 내 영혼에 작은 옹달샘을 흐르게 하고 싶다. 가장 서정적인 시어를 골라 내 온몸에 장식하고 가을 여행을 떠나고 싶다.

찬이슬에 피어난 국화 향기가 바람결에 묻어오는 아침, 문득 고향생각이 난다. 바구니 하나 챙겨 논둑길을 달려 나가 메뚜기가 이리저리 뛰어 노는 밭고랑에서 동부랑 고추랑 따 담던 어릴 적 내 고향 풍경이 그리워진다. 아카시아 울안으로 꿀 배가 주렁주렁 익어가던 과수원 길, 그 길을 홀연히 걷고 싶어진다.

모두 다 제 맛으로 익어 가는 아침, 바람에 얼굴 내놓고 맛있게, 맛있게 익어가는 열매들. 나는 무엇으로 익혀갈까? 무엇 하나 준비해 온 게 없으니 높아 가는 하늘처럼 자꾸만 비어 가는 가슴, 그래서 가을에는 눈물이 난다. 김현승의 '가을의 기도'를 또 읽어본다.

가을에는 기도하게 하소서...
낙엽落葉들이 지는 때를 기다려 내게 주신
겸허한 모국어로 나를 채우소서
가을에는 사랑을 하게 하소서...
오직 한 사람을 택하게 하소서
가장 아름다운 열매를 위하여 이 비옥한
시간을 가꾸게 하소서
가을에는 호올로 있게 하소서...
나의 영혼, 굽이치는 바다와
백합의 골짜기를 지나
마른 나뭇가지 위에 다다른 까마귀같이.

아아! 이 황홀한 가을이여! 부디 더디게, 더디게 가소서.

겨울풍경 속으로

　겨울엔 눈 오는 날이 좋다. 함박눈이 온 천지를 꽉 차게 메우고 쏟아지기라도 하면 눈송이들은 저마다 작은 학이 되어 춤을 추듯 내려와 날개를 접는다. 눈이 오면 강아지도 즐거워 뛰고 아이들도 신이 난다. 이 나이가 된 지금에도 소녀처럼 감상에 젖어 외투 깃을 세우고 무작정 걷고 싶은 충동이 인다. 혼자가 더 좋다. 북적거리는 도시를 빠져나가 겨울나무가 울창한 산으로 가고 싶어진다. 산에는 소담스럽게 눈꽃을 피워 가는 나무들이 있고, 커다란 마음으로 중심을 잡고 영원히 제자리를 지키고 있는 묵중한 바위들이 있다. 계곡의 시냇물은 장대한 얼음 빙판을 이루었으며 그 두꺼운 얼음장 밑에서도 피라미는 놀고 물 흐르는 소리 졸졸 들린다.

　그 장엄한 경지! 신성한 아름다움! 잔잔한 고요함! 산은 숭고한 자연의 이치를 다 품어 안고 언제나 그 곳에 시퍼렇게 살아

있다. 나뭇가지가 끊임없이 흔들리고 있는 것은 산이 몸을 흔들고 있다는 표징이다. 그런 산을 좋아하지 않을 사람이 어디 있을까? 어느 책에 있는 작가 미상의 '산'이라는 시를 몇 번이나 키보드로 두드려 봤다.

날마다 낮아지면서도/ 여전히 높은 그대/ 아무리 오래 마주 앉아도/ 끝내 말이 없는 그대/ 온갖 것 가슴으로 안으면서도/ 더 넓게 비어 가는 그대/ 한 번도 배반하지 않으면서도/ 언제나 고독한 그대.

눈 오는 날은 더욱 산이 보고 싶다. 시끄러운 소음도, 검은 매연도, 저자 거리의 아우성도 없는 산에서 묵묵히 서 있는 겨울 나무들을 보고 싶다. 자연에 순종하면서도 끊임없는 생명력으로 제자리를 싱싱하게 지켜 가고 있는 나무의 섭리를 배우고 싶다.

겨울엔 밤의 풍경이 좋다. 아랫목을 따스하게 데워 놓고 작은 상하나 펴놓으면 제격이다. 이때 '우우' 하는 바람 소리 가끔씩 창문을 흔들고 지나면 밤의 운치는 더 짙어져 온전히 독서삼매경에 몰입을 할 수가 있다.

가족끼리 모여 앉아 가래떡을 구워 먹는다든지, 할아버지의 옛날이야기를 들으며 군고구마를 까먹는 정경도 좋다. 다정한 사람끼리 팔을 끼고 군밤이 솔솔 익는 거리를 걷는다거나 책가

방을 짊어진 학생들이 털목도리를 두르고 재잘대면서 지나는 모습도 좋다. 꽁꽁 언 손을 호호 불어도 겨울엔 추워야 제 맛이다. 또 추워야 각종 병충이 죽지 춥지 않으면 이듬해 병충해가 더욱 기승을 부린다고 한다.

봄 가고, 여름 가고, 가을 간 뒤에 얼마나 오랜만인가. 아, 겨울이여!

엄마 생각

실로 몇 년 만에 경남 양산 석계공원의 엄마 산소를 찾았다. 비는 부슬부슬 내리고 골안개까지 풀풀 날리는 날씨여서 공원 묘지 분위기가 으스스 하고 무서울 것 같았지만, 막상 가보니 전혀 그런 느낌이 들지 않았다. 오히려 일간초옥—間草屋들이 가득 모여 있는 어느 촌락에 온 것 같은 기분까지 들었다. 모든 고통과 시름, 근심과 걱정, 슬픔과 기쁨 다 잊어버리고 영구히 잠들어 있는 묘지들을 지나 '孺人安東權氏之墓' 라는 비석 앞에 섰을 때 울컥 눈물이 솟구치려 했다.

과일 몇 개를 차려 놓고 술을 따라 올렸다. 생전에 잘못한 죄 사후라도 자주 찾아와 속죄를 해야 마땅하거늘 그러지 못하는 불효, 무슨 염치로 눈물인들 흘릴 수 있단 말인가. 내가 두 살 때 엄마가 나를 업고 산에 버섯을 따러 갔다가 온종일 산을 헤매고 돌아오는 길에 장보살 집에서 보리쌀 삶는 냄새가 어찌나 구수하던지 한 술 달라고 하고 싶은 생각이 간절했지만 그러지를 못하고 집에 와 감자 두 알로 끼니를 때우고 밤에 병이 났는데 나는 엄마 빈 젖만 빨다가 울어대었다는 그 기막힌 얘기를 그저 대수롭지 않게 흘려들었던 나.

경상도에 갔다가 돌아오는 길에 대구역까지 나왔으나 호열자병 때문에 열차를 태워 주지 않아 왜관역까지 걸어가자 왜관역 역시 봉쇄되어 다시 구미까지 걸어왔고 집집마다 문을 굳게 걸고 재워 주지를 않아 못 둑에서 밤을 새는데 혹여 늑대라도 나타나 나를 빼앗아 갈까 봐 꼭 품어 안고 졸지도 못했으며, 낮에는 내가 더위를 먹을까 봐 엄마 가슴에 내 등이 닿도록 둘러 안고 김천까지 걸어와 김천에 와서야 예방주사를 맞고 건강 확인증을 받아 열차에 오르게 되었다는 그 뼈아픈 고생담, 대구에서 김천이 어디라고 그 먼 길을 잠도 못 자가며 나를 안고 걸어오셨을까, 엄마 한 평생 줄줄이 엮어진 이야기를 나는 그저 건성으로 들어 넘기곤 했었다. 아니, 되풀이 되는 그 이야기에 귀에 딱지가 앉겠다고 느끼기도 했었다.

우렁이는 제 어미 살을 다 파먹고 껍질만 남겨 떠내려가게 해 놓고는 '울 엄니 가마 동동' 한다더니 한 평생을 자식 위해 고생만 하다가 돌아가신 뒤에 무덤 하나 만들어 놓고 몇 년 만에 찾아와 무슨 사설을 늘어놓을 수 있단 말인가. 인생이란 무엇인가? 부모는 자식을 위해 살고 그 자식은 또 자식을 위해 살고 내리 사랑의 연속이 이어져 가는 것이 인생이련가. 그 과정에서 사람이 사람 노릇을 못하는 일은 또 얼마나 많은가. 결국은 무덤 속으로 귀결하는 것을.

잔디로 뒤 덮인 봉분들이 가득한 산비탈을 무심코 바라보다가 그 봉분 하나 하나에 다 사연이 있고 애환이 있을 것이라는 생각이 들었다. 우리 엄마처럼 한 평생을 춥고 배고프게 살아 고생으로 얼룩진 사연도 많을 것이다. 엄마는 오직 자식밖에 몰랐다. 자식 사랑이 지나쳐서 잠깐만 눈에 보이지 않으면 그저 걱정 근심이었다. 결국은 그것 때문에 뇌졸중이란 무서운 병에 걸렸다. 동생이 서울로 공무원시험을 보러 갔는데 어머니가 라디오 뉴스를 듣다가 고속버스 사고 사상자 명단에 동생이름이 나온 것 같다고 몹시 놀라셨던 것이다. 그날 동생이 무사히 돌아오자 엄마는 놀란 가슴을 쓰러 내렸는데 그 후 사흘 만에 팔다리에 기운이 빠진다며 자리에 누웠고 입이 조금 돌아갔다. 우리는 놀라 대학병원엘 모시고 갔는데 거기서 더 크게 잘못되어 버렸다.

대학병원에서는 아픈 사람을 영양제 하나도 놔주지 않고 하루 종일 검사를 한다고 이리오라 저리오라 했다. 척추 액 검사를 한다고 의학박사라는 분이 인턴 너덧을 데리고 들어오더니 장정들이 엄마 허리를 잔뜩 꼬부려 눌러 놓고는 굵은 주사기로 척추 액을 빼내는데 적중한 자리에 들어가지 않자 세 번씩이나 찔러대었다. 엄마는 사색이 되어 진땀을 흘리며 고통을 호소해도 의사는 환자의 아픔은 아랑곳하지 않고 학생들을 대상으로 설명을 하고 있었다. 그리고는 또 피검사를 해야 한다고 금식을 하라 했다. 피를 빼는 순간 엄마는 그만 인사불성이 되어 온몸을 움직일 수 없게 되었다.

나는 지금도 그 의사가 몹시 원망스럽다. 입이 돌아가는 것만 봐도 중풍이라는 것을 알 수 있고, 혈압이 높은데도 혈압을 안정시키는 응급조치는 하지 않고 검사만 왜 그렇게 많이 했나. 경험이 없던 우리들은 안절부절 못하는데 이웃 사람들이 한사코 퇴원을 시키라고 권했다. 중풍은 한방으로 다스려야 한다는 것이다. 엄마는 걸어서 들어간 병원을 침대에 누워서 나와야 했다. 그날부터 용하다는 한의사를 불러 날마다 침과 한약으로 치료하니 엄마는 어둔하나마 말을 하기 시작했고 손가락 마디를 조금씩 움직이기 시작했다. 몇 달이 지나자 엄마는 지팡이를 짚고 겨우 일어서게 되었지만 반신불수가 되었다.

그때부터 우리 집은 끼니를 굶을 정도가 되어갔다. 모아놓은 돈이 조금 있었지만 약값 침 값으로 다 써 버렸고, 동생은 더 나은 곳으로 간다고 직장을 내어 놓고 도서관에 박혀 있을 때였다. 그렇다고 아픈 엄마를 두고 내가 돈을 벌러 나갈 수도 없었고, 동생이 급하게 여기저기 일자리를 구하려 애를 썼으나 구할수 없었다. 방세를 줄 돈도 없어 하는 수없이 고향으로 들어가 빈집을 얻어 엄마 친구 분들의 도움을 받으며 지냈다. 그 해 가을 마침내 동생이 한국전력 입사시험에 합격했다. 동생이 부산으로 발령이 나서 해운대 사택에 살게 되었는데 2년 후 엄마가 돌아가셔서 양산 통도사 인근의 석계공원으로 모시게 되었던 것이다.

산 사람의 동네와 죽은 사람의 동네는 모두 한 하늘 아래 있다. 죽은 자의 동네는 고요한 침묵이 있을 뿐이고, 산 자의 동네는 부산한 움직임이 있다. 죽은 사람은 눈에 보이지 않는 영혼으로 살고, 산 사람은 눈에 보이는 육체로 살고 있다. 시각, 청각, 촉각, 물욕, 성취욕, 쟁취욕, 육욕으로 언제나 바쁘게 돌아가는 삶, 그러나 죽고 나면 저렇게 작은 무덤 하나로 남는 것을...

가양공원에서

    대전의 가양공원에 '구름사다리'가 있다. 구름과 사다리 모형을 따서 만든 다리인데 명물이라고 할 수 있다. 이 다리를 가만히 올려다보고 있으면 웅장하면서도 그 짜임새가 정교하다는 느낌이 든다. 다리를 만든 사람은 어떻게 구름과 사다리를 조화시키는 기발한 착상을 해 냈을까? 그만큼 특이 하니까 영화사에서도 가끔 촬영을 한다.

    궁륭穹窿, 홍예문紅霓門, 이런 아치형 건축물이 사각 건축물보다 더 우아해 보인다. 이 다리도 그렇다. 아래서 올려다보고 있으면 뭉게구름이 피어오르는 듯 둥그런 모형에다가 사다리 여러 개가 떠받치고 있는 모습이다. 건축가도 그런 의미를 담았으리라. 물론 건축비가 더 들었을 것이며 또 어렵기는 얼마나 더 어려웠을까? 모든 어려움을 감내 하면서도 색다른 다리하나를 만들어 놓겠다는 착상이었을 게다. 그저 기둥 몇 개를 떠 받쳐 단

순하게 만들면 더 쉬웠겠지만, 그런 다리는 건너다니는 역할밖에는 더 이상 볼거리가 없다. 다리뿐만이 아니다. 도시의 건축물들이 하나같이 성냥 곽이다. 감탄사를 지를 만한 예술품을 찾아보기 어렵다. 단 한 체를 짓더라도 아름다운 풍미가 깃들은 건물이 탄생했으면 하는 아쉬움이 남는다. 기기묘묘한 건물들이 서로 조화로운 배치를 하고 있을 때 아름다운 도시가 형성되리라.

이 구름사다리는 박정희 대통령 때 경부고속도로로 만들어진 것이다. 그 당시에도 이런 도형으로 만든 다리는 전국에서 이것밖에 없다는 것이다. 그러나 만들기가 까다로워서 많은 사람들이 고생을 한 것은 물론 그만 공사도중에 무너져 인부 36명이 추락사를 당했다는 것이다. 더 기기 막히는 것은 36명 중에서 보상을 받아간 사람은 겨우 열 명뿐이고 나머지 희생자는 신원 파악이 되지 않아 연락할 길이 없었다 한다. 군대를 가지 않으려고 도민증(주민등록)도 없이 공사장을 전전했기에 그렇게 됐다는 것이다. 36명의 고귀한 생명을 바쳐 이루어진 다리! 그래서 더 웅장한 몸체를 드러내고 서있는 것인가 보다.

무엇 하나 거저 되는 것이 어디 있으랴. 정성과 땀과 희생이 하나로 뭉쳐져야 비로소 그 만큼의 결실이 맺어지는 것이다. 그러나 우리는 흔히 그 겉모습만 바라볼 뿐 내면의 진가를 보지 못하는 때가 많다. 이 구름사다리를 보면서도 그저 기묘하게 만들어졌다는 감상에 그칠 뿐이지 추락하여 희생된 영혼에 대해서 숙연해 하는 마음을 가지지 못한다. 경부 고속도로를 만들 때도 마찬가지다. 사고사를 당한 인부가 400여명을 넘었다고 한다. 그 많은 인부의 생명을 바치고 이루어진 고속도로를 그저 통행료만 내면 달릴 수 있는 것으로만 알고 질주하다가 사고가 빈번히 일어난다. 감사하고 숙연해 하는 마음으로 운전을 한다면 한 순간에 생명이 왔다 갔다 하는 사고는 나지 않을 것이다.

지난 늦가을 어느 날 나는 야생으로 피어난 황국 두어 가지를 꺾어들고 이 다리를 천천히 걸었던 적이 있다. 오후의 햇볕이 따갑고 아득히 트인 코발트빛 하늘과 오색물감을 풀어 놓은 가을 산이며 아늑하게 펼쳐진 공원의 풍경들이 잘 그려진 한 폭의 그림에다가 곡예의 줄타기처럼 펼쳐진 구름사다리가 햇볕에 반짝였다. 다리 아래로는 낭떠러지가 아득해 현기증이 난다. 난간이 낮아서 가녘으로 보행을 하다가는 백마강 낙화가 될 법도 하다.

황국 두 가지 꺾어들고 구름사다리 건너간다. 신발도 낡고 의복도 낡은 여인네 하나, 국화향기에 취해 어질어질 간다. 하늘이 그려가는 미완성 그림 안에, 허름한 아낙 구물거리고 있다. 소슬바람도 동행을 한다. 나는 마련 없는 허름한 촌 아낙, 방금 꺾어든 꽃송이 하나 그림 속을 장식한다. 어쩌면 개미 한 마리가 그 만큼의 생명과 그 만큼의 가치를 가지고 느린 동작으로 다리 위를 기어가고 있는 것인지도 모른다. 그것은 다 내가 지은 죄와 내가 지은 덕으로 형성된 내 삶일 것이다. 그래, 낡은 여인네의 등장은 잠시 나타났다 사라질 뿐이고 다리는 다시 티끌하나 닿지 않은 외로운 몸체로 허공에 떠 있으리라.

계족산 자락이 펼쳐 내는 할머니 아늑한 품 안 명당자리, 삶에 지친 나그네, 온갖 시름들을 갈잎바람에 날려 버리고, 희망의 무지개꽃씨 하나 심을 마음자리 비워 보련다.

흥얼흥얼 하는 내 모습이 참 우스꽝스럽다.

터널 앞에서

　가양공원에서 옥천으로 나가는 터널이 있다. 그동안은 새 터널을 내면서 이 터널은 몇 년 동안 방치되어 있던 것을 얼마 전 보수를 해서 다시 차가 왕래를 한다. 이 터널을 통과하면 옥천이 불과 10분밖에 안 걸린다고 한다. 그런데 걸어서 터널을 빠져나가려면 어떤 이는 10분이 걸린다고 하고 또 어떤 이는 15분이 걸린다고 한다. 그러니까 차가 옥천까지 가는 동안 걸어서는 터널도 못 빠져나가는 셈이 된다.

　이 터널이 폐 터널이 되었을 때는 낮에도 컴컴한 것은 물론 음침하고 섬뜩한 기운이 돌았다. 버려진 폐차 속에는 시체가 들어있을 법도 하고 이리저리 나뒹구는 플라스틱 용기들이며, 어느 얌전한 양반들이 버린 방석이며 옷가지들이며 별의별 쓰레기들이 나뒹굴고 그야말로 귀신의 은거지 같은 분위기가 모골을 송연케 했다. 그뿐이 아니었다. 바람이 부는 날이면 터널을 통과하는 바람이 어찌 그리 거센지. 우웅 우히웅하는 소리가 마귀가 우는 것 같고 사람도 금새 날려버릴 것 같았다. 넓은 공간으로 지나가는 바람보다 좁은 공간으로 통과하는 바람이 기압이 높다는 것을 확실하게 증명이라도 해 주는 것처럼. 그렇게 센바람이 쓸고 가면 청소를 한 듯 깨끗해야 하겠지만 습기에 젖은 쓰레기는 이쪽으로 왔다가 저쪽으로 갔다가 하면서 터널 안을 벗어나지 못했다.

이 터널을 지나다니며 농사를 짓는 할머니가 있다. 그 할머니가 비가 오는 날 고추모종을 하려고 터널을 가고 있는데 여자가 슬피 우는 소리가 나고 남자가 그만 울라고 달래는 소리도 나더라는 것이다. 할머니는 사람이 있는가 하고 앞뒤를 다 살펴보아도 사람은 보이지 않아 어찌나 무서운지 혼비백산하여 발이 땅에 닿는지 어쩌는지도 모르고 가는데 머리에 꼭 묶어 쓴 수건까지 휙 날아가 버리더라는 것이다. 그래서 내가,

"어디서 사람이 울었겠지요. 귀신이 어디 있어요." 했더니,
"아니여 귀신이란께." 했다.

내가 이 터널을 혼자서 처음 가본 것은 터널 저쪽에 대한 미지의 풍경이 궁금해서였다. 그러나 멋모르고 터널을 들어섰다

72

가 식은땀을 줄줄이 흘렸다. 한 가운데 쯤에서 포기를 하고 뒤돌아 올까 했지만 이미 들어선 길이니 가 보기나 가보자고 앞으로 나아가는데 왜 그렇게 길든지.

터널을 빠져나오자 아침 햇빛이 눈부셨다. 햇빛을 보자 나도 모르게 야―! 하며 함성을 질러댔다. 마치 갱 속에 갇혔다 나온 사람처럼.

대지에는 태양의 광명이 쏟아져 내리고, 나무와 풀들은 생명의 춤을 추고, 나는 노래를 부르지 않을 수 없었다. 저 깊은 곳에서 가슴을 치고 올라오는 무엇이 저절로 음률로 터져 나오는 것이다. 그것은 살아있다는 증거이기도 하다. 나무와 풀과 온갖 벌레들과 새들과 짐승들과 사람들과 살아있는 모든 것들 속에 동참하고 있다는 것이 소박한 기쁨으로 표출되고 있는 것이리라. 생명의 무대 위에서 춤을 출 수도 있고 노래를 부를 수도 있고 슬퍼할 수도 있고 돌 위에 걸터앉아 작은 생각 하나를 건져낼 수도 있다는 것이다.

그날 터널을 지나 맞이했던 햇빛이 그토록 눈부셨던 것은 터널의 어둠을 경험했기 때문이었으리라. 햇빛에 대한 고마움을 더 절절히 느낄 수 있었던 것도 그 때문이리라.

햇볕처럼 소중한 것이 어디 또 있으랴. 태양의 가시광선처럼 눈부시게 빛나는 것이 어디에 또 있으랴. 원적외선은 생명의 에

너지를 주고 자외선은 소독을 해 준다. 그늘에서 자란 나무가 거목이 될 수 없고, 그늘에서 자란 곡식이 실한 열매를 맺을 수 없고 그늘에서 열린 과일이 제대로 익을 수 없다. 사람도 그늘에 갇혀 있으면 병이 든다. 태양의 기운을 받아야 건강해 진다. 의복이나 침구에 서식하는 곰팡이, 진득이 균들은 자외선을 쐐야 멸균이 된다. 집안에도 햇볕이 들어와야 보송보송하고 쾌적해진다.

밝은 햇볕아래서는 음흉한 생각이 일어나지 않는다. 뇌물, 사기, 범죄의 모든 나쁜 짓은 음침한 곳에서 꼬리를 친다. 귀신도 밝은 햇빛 앞에서는 나타나지 못한다. 침침한 곳에 숨어서만 구시렁댄다. 죄를 많이 지은 자는 밝은 날 하늘을 올려다보지 못한다. 하느님의 이치에 어긋난 짓을 했기 때문이다. 어두운 곳에 서식하지 말라. 모두 밝은 곳으로 나오라. 햇빛이 정말 미치도록 좋지 않은가?

오늘도 변함없이 태양은 떴다. 발갛게 불타는 불덩어리로 이글거리며 끓어오르는 열정으로 용솟음치는 삶의 생명력을 삼라만상에 퍼부어대고 있다. 일어나라, 일어나라 등 두드리며 땅속에 묻혀 잠자는 작은 씨앗 한 톨까지 흔들어 깨우면서 대지를 골고루 어루만지고 있다.

대추

  내 양심에 대해서 나는 한 번도 의심해본 적이 없었다. 바르다면 가장 바르고 맑다면 거울같이 맑다고 자부한다. 비 양심을 가진 자들이 판을 치고 있는 세상, 그들로 하여 나는 종종 손해를 본다. 나는 손해를 보면서도 남에게 손해를 입히지 않는다. 아니 못한다. 그것은 양심이기도 하지만 그 만큼 똑똑하지 못하다는 소리도 된다.

  어쩌면 나는 바보 축에 끼일지도 모른다. 바보면 어떤가? 남에게 손해를 끼치지 않았다고 생각하면 마음이 그저 편안한 것을, 남의 것을 더 빼앗으려고 악을 쓰는 것보다 내 것을 더 주어버리고 나면 두 다리 쭉 뻗고 잠을 잘 수 있다. 그러나 세상은 영악스러워야 잘 산다. 바보처럼 살고 있는 나는 늘 그 자리에서 맴돈다.

  그런데 곰곰이 생각해 보니 내 양심이 꼭 그렇게 맑았다고만 할 수 없는 것도 있다. 초등학교에 다닐 때 남의 사과를 두 차례 딴 적이 있다. 아카시아 울타리 안으로 붉게 익은 사과들이 주렁주렁 매달려 나를 유혹했다. 나는 사과에 홀린 듯이 기어들어 미친 듯이 사과를 딴 적이 있다.

그 날 배낭을 메고 평소에 가지 않았던 곳을 간 것이 화근이었다. 신대륙을 개척해 본다는 호기심일까? 내가 한 번도 가보지 못했던 곳을 향해 길을 나섰던 것이다. 어둡고 살벌한 긴 터널을 지났다. 터널을 빠져 나오자 신천지 같은 풍경이 눈앞에 펼쳐졌다. 산언덕으로 올라 한나절 빛나고 있는 태양의 광선을 향해 햇빛과 산소가 어우러진 공기를 마음껏 들이마시며 심신을 정화시키고 있을 때, 저 만치 언덕위에 고즈넉이 웅크리고 앉은 움막 같은 집이 눈에 들어 왔다. 나는 귀신에 씐 듯 저절로 움막을 향해 올라갔다.

폐가다. 며느리 밑 닦게 넝쿨이 온통 뒤덮여 있고 폐가에서는 금방이라도 귀신이 나올 듯이 으스스 하다. 마당가에로 대추나무 두 구루가 서있고 잘 익은 대추가 가지를 휘어지도록 달려 있다. 대추를 보는 순간 내 양심은 외출을 해버렸는지 부재중이다.

나는 그만 짚고 다니던 등산 행 알루미늄 지팡이로 대추를 털어 대었다. 우수수 대추 떨어지는 소리가 마치 우박이 쏟아지듯 했다. 얼마나 즐겁고 기분이 좋은지 내 몸에서는 엔도르핀이 샘물 솟아나듯 솟아나고 있었다. 세상에 이런 횡재를 할 수 있다는 것은 신의 도움이라고 어느 불특정한 신을 향해서 감사하는 마음까지 들었다. 빠른 손놀림으로 대추를 주어 배낭에 담는데 인기척이 났다.

50대 쯤 되어 보이는 남자가 제 키보다 더 긴 자루의 낫을 한 손에 짚고 다른 한 손엔 날이 시퍼렇게 선 보통 낫을 들고 오고 있었다. 검고 깡마른 몸매에다 험상궂은 얼굴을 찡그리며 낫으로 풀숲을 툭툭 치는 그 남자는 무서워 보였다.

"털었지? 털면 안 돼? 그냥 주어야지."
"아저씨가 주인이 세요? 저는 사람이 안사는 줄 알고."
"나는 저 아래 살지. 여기는 형님 집이지. 가져가면 안 되지. 형님한테 혼나지."

말소리가 우둔하고 좀 모자라 보였다. 나는 배낭으로 가득 담긴 대추를 빼앗길 까봐 빠른 동작으로 짊어지고 도망쳐 왔다. 그런데 내 뒤에다 대고

"털면 안 되지. 털면 도둑놈이지. 형님 것이지."

그가 외치는 소리가 들렸다. 집에 돌아와 대추를 쏟아 놓자 방으로 하나 가득했다. 통통한 대추 살이 한 입 깨물면 아삭거리면서 얼마나 달고 맛이 있는지 입안에서 녹아내렸다. 자연이 준 선물이다. 햇빛과 바람과 땅이 어우러져 이렇게 맛있는 과일을 만들어 주다니 자연은 끝없이 좋은 것만을 인간에게 선사 하고 있다. 그런데 인간은 그 보답을 하는가?

그날 밤 나는 두 다리를 쭉 뻗고 잠을 잘 수가 없었다. 부재중이었던 내 양심이 돌아와 자꾸 주파수를 보내기 시작했다. 나보다 더 못한 자의 것을 빼앗아 왔다는 것에 양심이 아파하고 있었다. 나는 날이 밝기를 기다렸다가 그 아저씨네 집으로 신들린 사람처럼 가고 있었다.

" 안녕하세요. 어제 대추 주어간 사람인데요."
"털었지. 따갔지."

털었으면서도 거짓말을 하느냐는 것이다.

"예, 털었습니다."

그제야 아저씨는 고개를 끄덕였다. 내가 대추 값이라며 이만

78

원을 내어놓자

"내 것 아니지. 형님 것이지. 내가 안 받지."

한사코 돈을 받지 않았다. 받아 두었다가 형님 드리라고 하자

"형님 죽었지. 5년 됐지."

　돈 주기도 힘이 들었다. 하는 수 없어 집어 던져 놓고 도망쳐
오는데 어느 새 포도 한 봉지를 들고 달려와 내 손에 쥐어주고
는 씩 웃는다. 그 웃는 모습이 맑은 햇빛에 빛났다.
　그는 세상에서 가장 깨끗하고 투명한 양심의 보유자가 아닐
까?

제2부 밭에서

그 사람은

내 밭은 산기슭에 있다. 내 땅은 아니지만, 본래 가경지可耕地였던 것을 몇 년 전에 일구어 지금은 옥토로 만들었다. 내 밭 옆으로는 오솔길이 나 있어 등산을 하는 사람이나 산책을 나온 사람들이 자주 오간다. 그 중에는 양쪽 손이 다 쇠갈고리로 된 남자도 지나다닌다. 그 남자는 50대 중반쯤 되었는데 형색이 몹시 가년스러워 보인다. 나는 그 남자가 지나가면 길에서 되도록 먼 쪽으로 피해서 밭고랑만 바라보며 호미질을 해댄다. 혹시라도 본의 아니게 갈고리를 보았다가 손이 없는 것을 구경꺼리로 안다고 오해를 할까 무섭고, 화가 나면 내게 쇠갈고리를 들이댈지도 모르니 그저 안 보는 척 하는 것이 상책이라고 생각했다.

그 사람은 봄이면 고사리를 한 가방 꺾어 짊어지고, 가을이면 밤과 상수리를 주어 가지고 간다. 갈고리로 어떻게 고사리를 꺾어서 가방에 담을까? 갈고리로 어떻게 밤을 주울까? 수저는 어떻게 잡고 밥을 먹을까? 지퍼는 어떻게 내려 소변을 볼까? 옷은 어떻게 빨아서 입을까? 손이 없이 그 모든 일을 해 내려니 얼마나 힘들고 고통스러울까? 그 사람이 지나가고 나면 그런 걱정을 해보곤 한다. 어떤 무덥던 날 그 사람은 땀을 흘렸는지 수건을 갈고리에다 휘휘 감아가지고 도랑물에 적셔서는 얼굴을 닦고 있었다. 아하! 저 사람은 세수를 저렇게 하는구나. 나는 무슨 기이한 장면을 발견이라도 한 듯 훔쳐보다가 내 쪽으로 고개를 돌리는 바람에 그만 움찔 놀라서는 겸연쩍어 땅만 죽어라고 파 댄 적이 있다.

그날은 고추 모종을 물을 주어가며 열심히 심는 중이었다. 몹시 힘이 들긴 했지만 세상에 힘 안들이고 거저 되는 일이 어디 있느냐면서, 머지않아 내 노동의 대가로 실팍한 고추가 주저리주저리 열릴 것을 희망하며 바쁘게 손바람을 내고 있었다. 고추는 양지쪽 비탈 밭이 최상의 적지이다. 물이 고여 있지도 않을 뿐더러 다른 밭과 거리가 멀어서 탄저병 포자도 날아올 염려가 없으며, 초목 잎사귀를 돌아드는 신선한 산바람이 살랑대면서 노상 어르고 뽀뽀를 할 테니 오죽이나 좋을까보냐고, 비 맞은 중처럼 혼자 구시렁대고 있는데,

"저 좀 도와주세요."

하는 소리가 났다. 얼른 쳐다보니 그 사람의 다리에서는 선혈이 낭자하게 흘러 내렸다. 언덕에서 그만 굴러 떨어졌다고 한다. 자신의 윗도리를 찢어 가까스로 감긴 했지만 단단하게 홀쳐매지 못한 관계로 걸음을 걸으면서 헐렁해져서 피가 새나오고 있는 중이었다. 나는 급히 피에 젖은 띠를 풀어서 꼭 묶어 주었다.

"다른데 다치신 데는 없으세요? 구급차를 불러야 하지 않겠어요?"
"괜찮아요. 갈 수 있어요. 감사해요. 아주머니."

그 사람은 그 말을 남겨놓고 절룩거리며 산을 내려갔다. 그가 그렇게 산을 다 내려가는 것을 보고서야 내 손을 보았다. 손이 온통 뻘겋다. 내 손에 남의 피를 그렇게 많이 묻혀 보기는 처음이다. 피 냄새가 역했다. 도랑물에 손을 씻고 또 씻어도 개운치가 않다.

그는 어찌하여 양쪽 손을 다 잃게 되었을까? 손을 잃고 얼마나 많이 절망하며 생사의 문턱을 넘나들었을까? 그가 짊어지고 가야할 삶의 중량이 너무 가혹한 것 같았다. 그렇게 가엾은 사람을 무서운 파충류 보듯 한 나 자신이 새삼 부끄러워진다. 내

안에 그토록 경소輕小한 마음이 있었더란 말인가?

　사람위에 사람 없고 사람아래 사람 없다하였거늘, 겉모양만 보고 좋다 나쁘다 섣불리 판단해버린 경거망동의 죄는 얼마나 될까? 그동안 알량한 채소 한 줌을 남에게 건넬 때도 주고 싶은 사람을 선택했었고, 내게 무엇을 주었던 이에게 빚을 갚는다는 의도가 들어 있었던 것도 사실이다. 받았으면 주어야 한다는 원칙으로 행여 주면 받을 것이라는 속셈이 은연중에 깔려 내 인간관계를 형성해 왔던 것은 아닐까?

　그 날은 참 많은 것을 생각하게 한 날이다.

모기

밭에 갔다 와서 고단하여 큰 대人자로 벌렁 누워 쉬고 있는데 모기 한 마리가 '웽' 하고 달려들어 뜯어 먹는다. 밭에서도 몇 군데나 물려 가려운 판국인데 집에 와서까지 물려야 하다니 심히 곤혹스럽다. 내 아무리 무골호인이라 한들 당하고만 있을 소냐? 네 놈의 생살권生殺權은 내 손 안에 있으니 살려 둘 수도 있고 참살을 시킬 수도 있으렷다. 그러나 '모기 보고 칼 빼기'라는 속담처럼, 칼을 뺄 수도 없는 노릇이다. 스피드로 말할 것 같으면 그야말로 신출귀몰하니 내 재간으로는 따라 잡을 수가 없다. 그래서 가만히 누워 자는 체 하고 있다가 모기가 대침 같은 주둥이의 빨대를 박으려는 순간 손바닥으로 탁 내리쳤다. 그런데 잡으려던 모기는 잡히지 않고 내 손으로 내 얼굴만 냅다 치고 말았다. 세상에 어떤 바보천치가 제 손으로 제 뺨을 치겠는가? 보고 있던 모기가 요절복통을 할 노릇이다.

86

아침에 묵은 신문 첩에서 잠깐 본 기사엔 미국의 어떤 부인이 몸에 붙은 모기를 때렸는데 모기의 침이 살갗에 박혀 바이러스가 번식돼 사망하였다는 소식이 있었다. 이놈의 모기가 살인까지 하다니, 기어코 피 터지게 때려잡아 원수를 갚아 주리라. 비장한 각오로 벌떡 일어났다. 그러나 모기의 날개를 따라 눈을 희번덕거리다가 지쳐가고 있을 뿐이다. 본래 등치고 사기치고 남의 피 빠는 존재들은 그 방면으로 탁월한 재주가 발달하는 법이다. 아무리 생명의 존엄성을 누누이 설파한다 한들 모기를 살충하는 데는 일말의 죄도 없으리라. 천하에 못된 것이 남의 피를 빨아 제 목숨 보전하려 하니 죽어 마땅한 것은 인과응보의 법칙이니 맞아 죽어도 싸지 않는가?

춘원 이광수님의 수필 우덕송牛德誦(소가 동물 중에 제일 덕이 있다고 찬양하는 글)에는 벼룩의 얄미움이나 모기의 도섭스러움이나 다 그의 외모가 말해준다고 했다. 전설에 의하면 못된 형수가 어린 시동생을 학대하다가 시동생이 집을 나가자 동생을 찾아오지 않으면 쫓아버리겠다는 남편의 분노에 못 이겨 시동생을 찾아 나섰다. 수 삼년을 찾아 헤매다가 겨우 찾기는 찾았는데 그 사이 장성하여 잘 살고 있던 시동생이 형수를 보자 저주를 했다. 저주받은 형수는 죽게 되었고, 원수를 갚으려고 모기가 되어 시동생을 따라다니며 앵앵거리고 피를 빨아먹었다고 한다. 모기의 태조인 셈이다. 그 근성이 모기 자손 대대로 내려와 지금에까지 남의 피를 빨고 독침을 쏘고 있는 것이다.

진시황의 식사메뉴 중에는 모기 눈깔 요리도 있었다고 한다. 재료 구하기가 무척 힘이 들었을 것 같다. 모기 눈깔을 모으기 위해서는 박쥐의 대변을 긁어다가 걸러내었다 한다. 박쥐는 모기를 주식으로 하는데 이때 눈깔만은 소화를 못 시키고 그대로 통과시킨다는 것이다. 장생불사의 욕망은 한 나라의 황제를 이렇게 체통 없이 만들었다. 그런데 그 진시황의 후예들이 현대 우리나라에도 있는 것 같다. 몸보신이 된다면 별의 별것을 다 먹는 사람들. 모기 눈깔이 정력보강제라고 소문만 나봐라. 서로 먹으려 혈안이 되어 모기 잡느라 정신이 없을 것이다.

뱀을 물고 온 모기한테 물리면 그 자리가 크게 붓고 독이 있어서 헌다고 한다. 빨갛고 작은 일본뇌염 모기는 어린이들이 물리면 뇌염을 일으켜 자칫하면 생명을 잃게도 된다.

나는 방금 날아다니는 모기를 운 좋게 손바닥으로 탁 때려잡았다. 벌건 피가 툭 터졌다. 하찮은 것이 사람을 귀찮게 하다니, 돋보기를 죽은 모기에다 들이대었다. 몸은 머리, 가슴, 배로 기다랗고 뒷날개는 퇴화하였으며 세 쌍의 다리와 촉각의 긴 수염과 빨대 같은 주둥이가 있다. 눈깔은 너무 작아서 볼록렌즈로도 잘 잡히지 않는다. 이리도 작은 눈이 홑눈이 벌집 모양으로 모여서 이루어진 겹눈이라 하니 요물임에 분명하다. 요안에 각막과 렌즈와 감각신경까지 섬세하게 갖출 건 다 갖추고 있을 테니 미시적 생체구조에 경이를 금할 수 없다.

나는 방금 잡은 모기를 핀셋으로 집어 들고 밖으로 나와 사방을 둘러보았다. "누구 모기 눈깔 먹을 사람 없수?"

친구

　시장에 갔다가 우연히 오래전 친구를 만나게 되었다. 몇 마디 나누다 보니 그 친구도 나와 가까운 곳에 살고 있었다. 그래서 내 밭에 상추가 흐드러져서 선심을 쓸 요량으로 그 친구를 불렀더니 그만 밭을 한 귀퉁이 달라고 떼거지를 쓰는 것이다. 옛말에, 친구 따라 강남도 간다는데 그까짓 밭 못 주랴 싶어 그만 한 뙈기를 널름 주고 말았다.

　그런데 그 친구는 밭에 올 때마다 이상한 '바지씨'를 달고 왔다. 그러면서 요새 세상에는 애인이 없으면 뭐 6급 장애자라나. 그 후로 그 친구 때문에 팔자에 없는 근심걱정을 하게 되었다.

　유유상종類類相從이라고, 친구를 보면 그 사람을 안다는데 행여 밭 이웃들이 나까지 그 친구와 같은 유로 볼까 싶어 걱정이 되었다. 또 그들이 노상 말다툼을 해 대니 옆에서 보기에 불안했다. 그들의 다툼은 핸드폰에서 발단되어, 누구한테서 전화가 왔

90

느냐며 서로 핸드폰을 조사하고, 심하면 핸드폰을 빼앗아가서 며칠씩 돌려주지도 않는 것이다.

끊임없이 의심하고 집착하는 그들을 보면서, 애인이란 또 하나의 사슬이라는 것을 느끼게 되었다. 불필요한 사슬에 묶여 언제 터질지 모를 시한폭탄을 품고 사는 것이다.

예로부터 사귀어 유익한 세 가지 벗을 '익자삼우益者三友'라 했다. 정직한 벗, 신의가 있는 벗, 지식이 많은 벗을 이른다. 정직하고, 믿음이 두텁고, 지식이 많아야 좋은 벗이 될 수 있다는 것이다. 정직한 사람은 믿을 수가 있고, 지식이 많은 사람은 인품이 있어 배울 점이 있는 사람이다.

반대로 사귀어 손해가 되는 세 가지 벗을 '손자삼우損者三友'라 했다. 편벽된 벗, 착하기만 하고 줏대가 없는 벗, 말만 잘하고 성실하지 못한 벗을 이른다. 편벽되다는 것은 공정하지 못하여 한쪽으로 치우치는 것이고, 착하기만 하고 줏대가 없는 사람은 우유부단하고, 성실하지 못하면 믿을 수가 없다.

나는 어느 쪽에 속하는 벗일까? 곰곰 생각해 본다. 정직하기는 하나 지식이 많다고는 볼 수가 없고, 착하기는 하지만 줏대가 강하다고 할 수 없으니 그리 좋은 벗도, 그리 나쁜 벗도 아니어서 어느 쪽에 갖다 붙여야 될지 어사무사하다.

보왕삼매론에는 '친구를 사귀되 내가 이롭기를 바라지 말라.

내가 이롭고자 하면 의리를 상하게 되나니 그래서 성인이 말씀하셨다. 순결로써 사귐을 길게 하라 하셨느니라.'

판단 한 번 잘못하면 지옥에 떨어진다. 문수보살님은 지혜의 보살님이시며 글x의 보살님이시다. 그런 대보살님도 판단 한 번 잘못하여 지옥에 빠졌던 일이 있었다고 전한다. 판단이 얼마나 중요한가를 깊이 있고 실감나게 전하는 법문이다.

요즈음 그 친구가 지옥에 빠져가고 있다. 비밀이 몇 조금이나 갈 것 같은가? 들통이 나면 남편도 자식도 다 잃어버린다. 그동안 자식 키우며 아등바등 살아온 세월이 말짱 헛것이 되는 것이다. 하지만 그 친구는 내 충고를 귀담아 들으려고도 하지 않는다. 한 여자가 지옥으로 빠지는 것을 보고 있으면서도 구제할 수 없으니 나는 그에게 좋은 친구가 되지 못하고, 그 또한 잡살뱅이 짓을 하고 있으니 나의 익자삼우에 들지 못한다. 이참에 친구고 뭐고 싹 끊어버려? 내 두루춘풍 우유부단한 성격이 또 고민 중이다.

내 전화기에는 단금지교斷金之交의 고향친구가 보내온 문자가 저장되어 있다.

'해가 가면 갈수록 달이 가면 갈수록 더욱더 소중해지는 친구야! 우리 모두 건강하고 행복하자.'

그래, 그래, 친구야!

어느 일탈

생활이라는 게 다람쥐 쳇바퀴 돌듯 늘 같은 연속이다가도 간혹 좀 다른 색을 칠하게 되기도 한다. 별다른 일탈은 아니라도 타인으로 해서 뜻하지 않은 사건이나 이야기가 전개되는 것이다. 그 날은 밭에 가려고 대문을 열자 무엇이 턱 걸렸다. 대문 앞 계단에 누군가가 앉아 있었다.

"왜 여기계세요?" 하니까, "비가 와서"라고 대답했다. "어디 가세요?" 그가 물었다. "밭에 가요." 했더니, "비 오는데 밭에 가요." 했다. 거기까지는 정상적인 사람 같았는데, "늦감자 자잘한 것을 캐가지고 호떡을 만들어서" 어쩌고 하는 것이 맛이 좀 간 모양이다.

밭에 가보니 온통 수난을 당했다. 도둑이 마늘을 뽑아가면서 밭을 짓이겨 놓은 것이다. 도둑이 지나간 자리는 곡식이고 채소고 인정사정이 없다. 어이가 없어 우두커니 서 있다가 불쑥 화

94

가 치밀어 그만 신고를 하고 말았다. 작년 가을에도 생강을 심었는데 도둑이 좋은 것은 다 뽑아 가버려서 농사 실컷 지어가지고 이삭을 줍듯 자질한 것을 수확이라고 했는데, 이거 너무 한 것 아닌가?

경찰이 오긴 왔지만, 울타리를 높이 치라는 둥, 풀이 많으면 버린 줄 알고 가져갔다고 한다는 둥, 누구 밭이라고 전화번호를 적어서 푯말을 붙여 놓으라는 둥, 강력범죄가 많아서 작은 도둑까지 신경을 쓸 겨를이 없다는 둥 하면서 종종 눈 여겨 보겠다며 가 버렸다. 눈 여겨 보겠다는 그 말에 위로를 받으며 남은 마늘을 주섬주섬 뽑아가지고 해거름에야 집으로 왔다.

그런데 아까 대문 앞에 앉아있던 그 여자가 그때까지 건너편 건물 앞에 있는 것이다. 있거나말거나 무심코 저녁을 먹고 설거지를 다 하고 나서 창문으로 바라보아도 연필로 손바닥에다 글자를 쓰는 시늉을 해가지고 입에다 털어 넣는 동작을 반복하는 것이다. 저 여자가 점심도 굶고 저녁도 굶고 있을 것이라는 생각이 드니 안쓰러웠다. 당뇨에 걸리면서부터 배가 조금만 고파도 팔 다리에 힘이 빠지고 후들후들 떨리는 나를 생각했다. 그래서 내일 아침에 할 밥을 저녁에 해 두기로 하고, 옥수수를 물에 담갔다가 보리쌀하고 삶아 둔 것을 밑에 깔고 쌀을 넣어서 고슬고슬하게 밥을 지었다. 밥을 플라스틱 용기에 푸고 저녁에 절인 배추 겉절이에 고추 장아찌 두 개를 넣어서 고무줄로 튕겨 나무젓가락을 끼워 가지고 갔다.

"아줌니 밥 안 잡수셨지?"

"안 먹어요."

"이거 금방 한 것이니까 잡수셔. 여기 놓을게."

앞머리는 하얗고 얼굴은 까만데 매우 수척해 보였다. 정신이 돌아서 배고픈 줄도 모르나 보다. 밥을 갖다 주긴 했지만 나는 그 사람이 보는 앞에서 바로 집으로 들어올 수가 없었다. 그래서 큰 길로 내려가다가 뒤를 돌아보니 그 사람이 나를 보고 있었다. 더 가다가 돌아보아도 그때까지 바라보고 있는 것이다. 나는 골목으로 들어갔다가 주차된 차들 옆으로 숨어서 집으로 들어왔다. 왜냐하면 그 사람이 가지 않고 집 주위를 맴돌고 있을지도 모르고 대문이 열린 틈을 노려 집으로 들어올지도 모르기 때문이다. 예전에 한 번 어떤 정신 나간 청년이 쓰레기통에서 썩어가는 음식을 주워 먹기에 빵과 우유를 사 주었더니 날마다 와서 서성이고 있어 며칠을 밖에 나가지 못했던 적이 있었다.

사람이 갑자기 큰 충격을 받게 되면 정신이 돌아 버린다고 한다. 제정신을 놓고 거리로 떠돌다 죽어가는 이들은 너무나 가엾다. 또한 남의 것을 도둑질 하는 것도 일종의 정신병적인 현상일 것이다. 사람은 '사회적 동물' 이라 산 속에 홀로 살 수 없고, 가족이라는 울타리를 이루고 서로 사랑하고 사랑받으며 사회의 일원으로 제 자리를 구축하며 살아간다. 사람은 특히 하늘이 내린 사랑이라는 큰 명제아래 갖가지 희로애락의 여정이 펼쳐진다. 모두 다 건강한 정신, 건강한 몸으로 살아갔으면 좋겠다.

녹 쓴 못 하나

외출을 하려는데 열쇠가 없다. 열쇠를 걸어 놓는 자리가 정해져 있지만, 가끔은 자리 이탈을 해서 탈이다. 지갑이나 가방, 바지호주머니에 들어 있기도 하고 심지어는 주방이나 컴퓨터 주변에까지, 장소를 가리지 않는다. 나는 아마도 건망증의 대가인 모양이다.

이 방 저 방을 다니며 찾는다. "열쇠야! 열쇠야! 어디 있니?" 마치 아이 이름을 부르듯이 이름을 부르노라면 쉽게 찾아지기도 한다. 언제부터인지 몰라도 그것이 습관처럼 되었다. 내가 자주 이름을 부르는 것은 가위, 지갑, 하물며 핸드폰도 있다. 그것들은 서너 번만 이름을 부르노라면, 마치 나 여기 있지, 대답이라도 하듯 쉽게 나타난다. 아마 물건과도 통하는 교감이 있는 모양이다.

내가 일상적으로 쓰는 그런 물건들은 나에게 꼭 필요한 것들이다. 내게 와서 나한테 쓰임을 주며 물건으로서 존재하는 것들이기에 하찮게 여기다가도 긴요하게 쓰여 주어 마냥 푸대접을 해서는 안 된다는 생각이다. 만약 그 물건들이 말을 한다면 나한테 못내 서운하다는 의사 표현을 할 것이다. 아니, 서운할 정도가 아니고 나무라고 야단치고 경고를 하고 혼을 낼 것이다. 쓸 때는 잘 쓰고 왜 아무데나 던져 놓느냐고? 그놈의 덜렁대고 금방 잊어버리는 건망증은 왜 고치지 못하느냐고? 좀 반들반들 잘 닦아주면 어디가 덧나느냐고? 혼이 나도 싸다. 어휴! 말을 못하기 망정이지, 그것들이 다 말을 하고 대든다면 나는 그 물건을 써먹지 못할 것이다.

거리에는 누가 이사를 갈 때마다 농이며 책상이며 의자들이 버려진다. 아직 멀쩡해 보여 한 10년은 더 써도 될 것 같은데 버리고 간다. 요즘은 물건을 너무 쉽게 버린다. 쉽게 버린다는 것은 결국 쓰레기를 증가시키는 일도 된다. 쓰레기를 증가시키는 데는 중국이나 대만에서 싸구려를 사다가 사은품으로 끼워 팔기를 하는 것도 한 몫을 한다. 할머니들을 모아놓고 약장사를 하는 곳에는 으레 그런 걸 가지고 선심을 쓰는데 하나도 쓸모가 없어 그냥 내버리는 경우가 많다고 한다. 물자가 너무 흔하고 값이 싸다보니 소중한 줄을 모른다. 물건을 튼튼하게 또는 고급스럽게 잘 만들어서 비싸게 팔고, 소비자는 잘 따져보고 규모

있게 구입해서 오래 쓰는 풍토가 이루어져야 할 텐데, 그런 교육은 이제 유치원에도 초등학교에도 없는가보다. 절제하고 아껴 쓰고 쉽게 버리지 않는 교육부터 해야 할 것 같다.

얼마 전에 밭에서 녹슨 못 하나를 주어 밭둑 돌막에 놓았다. 그런데 고것이 요긴 하게 쓰일 줄이야. 쇠스랑 자루가 끝이 부러져서 꼬부라진 못이 빠져 나갔다. 자루를 거꾸로 해서 돌에다가 꾹꾹 박아도 두어 번만 파면 자루가 빠져서 땅을 팔 수가 없었다. 그런데 마침 그 못을 박았더니 완벽해 졌다. 못 하나의 중요성을 이렇게 증명해 줄 줄이야. 아무리 작은 물건이라도 쓰임새가 있고, 그 자리에는 꼭 그것이 아니면 다른 것이 대용해 줄 수 없다. 녹이 쓴 못 하나 그것도 자원이 되는 것을 버리면 토양만 오염되고 만다. 어디 못 뿐이랴. 모든 물건이 다 그러한 섯을 우리는 하찮게 여기고 쉽게 버려서 대지만 오염시키는 우를 일상으로 범하고 있다.

내 고향 후배 하나는 신혼시절에 용두동 법원장 집에서 세를 살았다. 후배의 남편이 법원장 비서를 하고 있었기에 문간방 하나를 내 주었나 보다. 집의 규모는 제법 크고 정원도 있었지만 안주인이 너무 알뜰하여 여간 조심스러운 게 아니라 했다. 내놓은 연탄재에 조금만 검은 데가 있으면 주어다가 거꾸로 넣어서 다 타고 난 뒤에야 버린단다. 하물며 법원장의 속옷이 빨랫줄에 널렸는데 천을 대어 기웠더란다. 방에는 몇 백 년은 되었을 것 같은 고가구가, 부엌에는 옛날 사기그릇과 접시가 전부였다고 한다. 그래도 고루하게 보이지 않고 오히려 더 좋아 보여 후배는 그때 그 안주인을 보고 배워서 지독하게 알뜰해졌다. 단단한 땅에 물이 고인다고 후배는 지금 부를 이루었다. 그 후배는 누가 시대가 어떻다고 불평불만을 토로하기라도 하면, 우리는 지금 단군 이래 제일 좋은 시대를 살고 있으면서 무슨 소리냐고, 입버릇처럼 말한다.

악마의 목소리는 부드럽다

"아이고 나 죽을 뻔 했네."

방금 헤어진 아줌마한테서 전화가 왔다. 내 밭 옆 밭을 경작하는 아줌마였다. 그날 그 아줌마와 나는 밭일을 마치고 돌아오는 길에 웬 젊은 남자를 만났다. 소적한 늦가을 날씨가 낙엽을 이리저리 몰고 다니며 한기를 뿌렸다. 그 남자는 춥지도 않은지 반팔을 입었는데 얼굴과 팔이 구리 빛으로 검고 흑인처럼 윤기가 났다.

"배추가 잘 됐네. 아주머니들이 농사 지으셨어요?"

남자의 목소리는 가수 누구의 목소리만큼이나 부드러웠다. 이런저런 말을 걸어오는 남자에게서는 악한 기운이라고는 전혀 느껴지지 않았다. 그래서 아무런 거리낌 없이 말대꾸를 해주었다. 그러나 나는 자전거를 타고 와야 했기에 아줌마에게 천천히 오라하며 먼저 내려와 버렸다. 내가 와 버린 뒤에 그 남자가 아줌마한테 수작을 부리더라는 것이다.

바쁜 일 없으시면 얘기나 하고 좀 쉬었다 가시라고 하기에 아무 생각 없이 밭둑에 앉게 되었다는 것이다. 고향이 어디냐고 하기에 영동이라고 했더니 저도 영동이라며 고향사람을 만나서 반갑다고 하고, 연세가 어떻게 되느냐고 하기에 70이라고 하니 정정하다며 제 어머니는 70살인데 폭삭 늙었다고 하더란다. 이렇게 해서 대화가 이어 졌다는 것이다. 남자는 서른여섯 살 이라하고 아줌마는 그 나이의 아들이 있다고 까지 했다. 그랬는데 남자가 하는 말이, 오래전에 일흔 살 먹은 애인이 있었는데 영감이 외출만 하고나면 오라고 전화를 해서 재미를 톡톡히 보았다면서, 저하고 애인을 하면 맛있는 것도 먹어가면서 재미있게 해 줄 수 있다고 하더라는 것이다. 하도 어이가 없어 무슨 그런 망측한 소릴 하느냐고? 부모 같은 사람한테 농담을 해서 되겠느냐고 야단을 치고 일어서려는데, 손목을 꽉 틀어잡으며 제 물건이 무슨 '판타지아' 라면서 산 너머로 놀러가자고 하더라는 것이다.

차를 가지고 올 테니 꼼짝 말고 기다리라기에 아줌마는 도망을 쳐 내려오는데 마음은 급하고 다리는 말을 안 들어 엎어지려고 하면서 간신히 왔다고 했다. "아 그놈이 목소리는 그렇게 부드러워 가지고 여자들을 등쳐먹고 사는 놈 같아. 힘깨나 쓰게 생겼는데 살인이라도 하겠어. 그렇게 해서 한 번 당하기라도 하면 자식한테 알린다 하면서 돈을 뜯어내는 사기꾼이 틀림없지?" 아줌마는 놀라서 청심환을 두 알이나 먹었다고 했다.

밭에서

　제법 넓은 밭을 얻게 되었다. 밭에는 여러 가지 채소와 곡식을 심었는데 농사를 짓는다는 것은 육체적인 노동으로 여간 힘든 일이 아니었다. 더구나 도시에서 살다보니 씨앗을 뿌리는 데서부터 띔 새를 맞추는 일이며 약을 주는 일에 어려움이 따랐고 연장도 여러 가지가 필요했다.

　그러나 정성을 들인 뒤엔 반드시 성과가 나타났다. 신선한 잎사귀들이 잘 자라고 있는 모습을 바라보노라면 농부만이 느낄 수 있는 기쁨이랄까? 농사를 짓는 데도 재미와 보람이 솔솔 피어났다. 비록 적은 경험으로 얼마 안 되는 농사를 지었지만 밭은 내게 많은 깨달음을 주웠다. 심전경작心田耕作이라는 말처럼 사람들은 제각기 자기 마음의 밭에 무엇인가를 경작하고 있다는 말도 실감이 났다. 밭은 끊임없이 땀을 요구하고 있었다. 심지 않고 매지 않으면 잡초만이 우거져서 밭의 기능을 잃어버리고 말았다. 또 곡식이 무성하게 자라고 있는 밭에는 잡초가 뿌리내릴 자리가 없었고, 곡식이 재대로 자라지 못하고 있는 밭에 잡초가 많다는 사실도 사람의 마음 밭에 비교가 되었다. 정성을 다하고 부지런한 농부만이 풍부한 수확을 얻을 수 있다는 진리 또한 인생살이의 내면과 상통하고 있는 것이 아닐까 싶다.

　자연의 법칙은 참으로 숭고하다. 해와 달과 바람과 비의 한량 없는 자원 속에서 과일은 각기 제 맛으로 익고, 곡식은 알알이 여물었고, 채소는 채소의 맛으로 자랐다. 무 씨앗에서는 무가 나서 뿌리를 키웠고 배추 씨앗에서는 배추가 나서 단단한 포기로 알을 채웠다. 그들은 서로 섞여 자라고 있었어도 흉내를 내거나 모방하지 않았으며 제 빛깔과 제 모양새와 제 맛의 본질을 곧게 지켰다. 본질을 지킨다는 것은 참으로 중요한 일이다. 그것은 곧 질서이고 약속이다. 남자는 남자다워야 하고 여자는 여자다워야 하는 것처럼…지극히 당연한 사실을 뒤늦게 느껴 보는 후진성이 부끄럽지만 이 당연한 사실에 변화가 일어난다면 어떻게 될까? 벼가 자라서 벼이삭이 열리는 약속이 지켜지지 않을 때, 혼혈아처럼 이리저리 닮은 식물이 수 없이 나올 때, 사람들은 해괴한 식물의 이름 짓기에 급급해야 할 것이고, 미처 이름을 얻지 못 하는 식물이 자꾸 등장하게 될 것이며 자연계는 혼탁하고 어지러워져서 질서는 파괴되고 약속은 무너져 내릴 것이다. 아찔한 상상이다. 하지만 수천 년이 지나가도 한 치의 변동이 없는 자연의 법칙 앞에서 긴 안도의 숨을 내쉬어 본다.

내 마음의 밭에는 무엇을 가꾸어 가고 있으며, 본질을 향하여 얼마나 맛 들어 가고 있는 것일까? 마음의 창으로 들여다보니 눈물이 난다. 밭은 조용히 펼쳐진 공책 같은 것, 땀으로 줄줄이 써나가야 하는 일기장 같은 것인가 보다.

어느 할머니의 결심

　우리 동네에 등이 굽은 할머니가 있다. 지팡이를 짚고 걷지만 몸이 한 쪽으로 기울어진다. 할머니가 당귀(약재)씨를 좀 달라고 부탁을 하기에 며칠을 가지고 다녔지만 만나지 못해서 할머니 집을 찾아갔다. 현관문을 두드리니 할아버지가 나왔다. 할머니는 벌써 밭에 갔다고 했다. 고맙다고 예의를 차리며 사근사근 인사를 하는 할아버지는 정정하다. 할머니 말에 의하면 할아버지는 바람쟁이다. 정답게 인사를 하는 폼이 벌써 그런 냄새가 풍긴다.

　그러나 몸이 편찮은 할머니는 밭에 가서 일을 하는데 정정한 할아버지는 집에서 논다. 그 할머니는 평생을 그렇게 살아왔단다. 젊어서는 노점상을 했는데 남편이 물건만 떼어다 주고는 온종일 건들거리며 여자 뒤꽁무니만 따라 다녔다 한다. 여자를 사귀면 거저 사귀나 장사한 돈을 자꾸 뜯어가니까 싸움이 벌어질 수밖에 없었고 그러다가 등허리를 발로 짓밟아서 등뼈가 부러진 것을 병원에 가서 치료를 하지 못하여 뼈가 어긋나게 붙게 되었고 근육이 한쪽으로 비틀어지게 불거져서 그만 등허리가 굽게 되었다는 것이다. 할아버지가 할머니보다 두 살 연하인데다가 몸을 아껴서 할아버지는 70이 넘었는데도 정정하고, 몸을 아끼지 않고 일만 하는 할머니는 폭삭 늙었다. 그런데 지금도 할아버지는 젊은 여자 타령을 한다는 것이다.

"젊은 여자와 연애를 했으면 좋겠다면서 한숨을 푹푹 쉬지 뭐여. 그러면서 연습을 하자면서 나 보고 자꾸 내 놓으라잖아."

"그래서 내 주셨어요?"

"내 줬지."

"할머니 거시기는 연습용이네요."

"내 것은 평생 연습용이지."

속사정이야 어쨌든 한바탕 웃지 않을 수 없었다. 할머니는 작년 가을에 배추농사를 지어 밭떼기로 팔았는데 배추를 도둑맞았다며 배추 값을 도로 내어 놓으라고 해서 돌려주었다고 한다.

"팔고 사고했으면 끝난 것이지 왜 돈을 내어 주셨어요?"

"젊은 놈들이 무섭게 대들며 달라는데 늙은이가 따질 기력이
나 있어?"

할머니는 또 아들이 와서 백만 원짜리 수표를 한 장 주는 것
을 대문간에서 받아가지고 창고에 감추어 두고는 그만 깜빡하
고 잊어버리고 있다가 뒤늦게 생각이 나서 찾아보았지만 아무
리 찾아도 못 찾았다고 했다.

"아들에게 잃어버렸다고 말하면 신고해서 돌려받을 수가 있
을 텐데요."
"차마 그 말을 할 수가 있어야지."

할아버지도 쓰라고 좀 줄 것을 할머니 혼자 몰래 쓰려고 감추
어 두려다가 죄를 받았다고 했다.

"내가 전생에 죄를 많이 지어 그 죄를 받는 거지. 아마 내가
남편이었고 영감이 마누라였는데 내가 기생집에나 다니면서 어
지간히 속을 썩혔든가봐. 갚을 것 다 갚고 제 갈길 가고, 받을
것 다 받고, 지긋지긋한 멍에 벗어 던지고 훨훨 날아서 가야지.
내 죽는 날은 영감하고 영영 끝나는 날인께. 저승에 가면 다시

는 영감의 그림자도 보이지 않는 곳으로 가게 해 달라고 부탁을
할랑께."

　할머니는 이제 할아버지를 미워하지 않고 욕도 하지 않는다
고 한다. 그러나 이승을 떠나면 다시는 할아버지를 만나지 않겠
다는 뜻은 매우 결연해보였다.

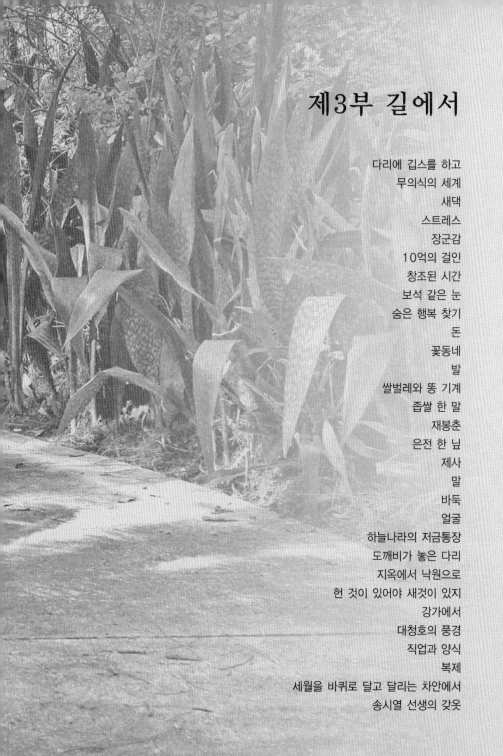

제3부 길에서

다리에 깁스를 하고

육신 한평생이 그리 무탈하지만은 않을 모양이다. 그 날은 (2010.5.12) 꿈에도 생각지 못할 사고를 당했다. 자전거를 한 5년 타다보니 너무 낡아서 뒷바퀴의 타이어를 갈아야 했지만 버릴 생각으로 그냥 타고 다녔다.

건널목을 끌고 건너는데 어디서 탁 하고 터지는 소리가 났다. 신호등이 바뀌었는데도 건너려는 사람들 앞을 쌩하니 자가용이 지나다가 그 소리를 듣고 멈추었다. 어떤 이가 자가용을 보며 '고거 참 잘코사니다' 라 했다. 하지만 터진 것은 자가용이 아닌 내 자전거였다.

집 앞에 와서 앞집 사람을 보고 내 자전거 타이어가 터지는데 글쎄 자동차 타이어가 터지는 소리가 났다고 했더니, 자기 집에 안타는 자전거를 주겠노라며 옥상에 있는 것을 내려다 주었다. 그래서 자전거에 올랐는데 오랫동안 타지 않아 녹슬고 타이어도 갈라지고 바람이 빠져서 내린다는 것이 그만 대에 발이 걸려 넘어진 것이다. 그 자전거는 남자 것이라 대가 높다는 것을 인지하지 못하고 그동안 내 자전거 내리 듯이 했기 때문이다. 그곳은 며칠 전에 새 시멘트 불록으로 교체를 했는데 돌처럼 단단한 불록에 정강이를 사정없이 부딪쳤다.

다리를 다쳤어도 식구들이 퇴근할 시간이 되었으니 저녁밥을 지어야 했다. 자고나면 나을 줄 알았지만 조금도 차도가 없었다.

병원에 가서 엑스선을 찍어도 아무것도 나타나는 것이 없었다. 의사가 보호자를 부르라 했다. 시티촬영을 하든지 MRI를 찍든지 선택을 하라했다. 시티 촬영을 하면 촬영을 하면서 바로 수술에 들어간다는 것이다. 아들이 MRI를 찍자고 해서 자기영상 촬영실로 예약을 하고 오후에 갔다.

MRI 촬영은 몸속에 금이나 쇠가 들어있으면 못한다. 자석은 쇠붙이를 끌어당기는 힘이 있다. 자석의 파장으로 사진을 찍다니 참 신기한 일이다. 자석의 힘으로 기차를 달리고 정차하는 것을 조정하는 자기부상열차가 있다는 것도 대단한 일이다. 어느 과학자가 그것을 발명해 냈을까? 극진한 찬사를 아끼지 않을 수 없다.

얼굴만 내 놓고 몸을 덮는 통이 내려와 덮었는데 무슨 방앗간 돌아가는 소리처럼 툭툭 드르륵 하는 소리가 요란하다. 꽤 시간이 소요되었다.

무릎 뒤쪽으로 골절이 되어 골절된 뼈가 인대에 매달려 있는 사진이 나왔다. MRI가 아니고서는 잡아 낼 수 없는 부위란다. 수술은 하지 않고 깁스만 하면 된단다. MRI가 아니었으면 수술을 한다고 헤집어서 더 큰 고생을 할 뻔했다.

다리가 부어있어 반 깁스를 하고 며칠을 기다렸다가 온 깁스를 하게 되었다. 그래 왼쪽다리가 완전히 뻗침 다리가 되었고 땀은 나고 깁스 안에서는 무슨 벌레가 기어 다니는 것 같았다. 인내를 요하는 강도 높은 지옥훈련이 시작된 것이다. 무릎을 자유자재로 오그렸다 폈다 할 수 없는 것이 얼마나 고통스러운지 겪어보지 않은 사람은 모를 것이다. 누구라도 정말 다리는 다치지 말아야 할 것이다. 6주간만 지나면 깁스를 풀 수 있다기에 날마다 그 날을 손꼽아 기다리는 것이다. 나을 수 있다는 희망이 있기에 망정이지 평생 그렇게 살아야 한다면 정말 자살이라도 하고 말 것 같았다.

내 인내에도 한계가 있어 6주를 하루 남겨놓고 깁스를 풀어 달라 했다. 그러나 깁스를 풀면 날아갈 줄 알았지만 한 발도 딛지 못하고 쓰러지려는 것이 아닌가? 굳어 있는 무릎을 구부리는 훈련은 신음 소리가 절로 터졌다. 온통 무릎이 부어오르고 열이 솟구쳤다.

그렇게 하지 않으면 영영 굳어버린다는 말에 더 열심히 재활운동을 했다. 그렇게 5개월이 지나서야 정상적인 걸음을 걷게 되었다. 다리가 아플 때는 거리에 나가면 반신불수 같다. 거기다가 한 쪽 손까지 오그리면 영락없다. 무심결에 손을 오그리고 있는 나를 발견하고 소스라치게 놀랐다. 지나가는 사람들이 중풍환자로 볼 것 같았다. 그래서 일부러 깁스를 보이게 하고 다녔다. 어떤 이는 아이구 어쩌다가 다리를 다쳤수? 한다. 그러면 자전거가 어쩌고 시시콜콜 설명하기도 그렇고 해서, 예 넘어졌어요. 라고 대답한다. 조심하셔야지요. 하며 주의를 준다.

'여보시오 벗님네들 병신보고 웃지 마소. 사대육신 병신 되니 애통지통 품은 한을 어디다가 가 다 풀겠소.' 어디선가 들었을 법한 슬픈 가락이 예사롭지 않다.

경험은 어떤 경험이든지 교훈을 얻기 마련이다. 몸을 다치고 나면 다음에는 다치지 않도록 더 조심을 하게 될 것이며, 누구에게 속아서 사기를 당했다면 다시는 속지 않을 것이다. 몸소 체험한 경험이야 말로 생생한 산교육인 셈이다.

나는 깁스를 하고 또 색다른 것 하나를 배웠다. 비타민 나무라 하여 사다가 키우는데 남편이 수형을 잡는다고 철사를 칭칭 감다가 그만 상순을 부러뜨렸다. 안타까워하며 잘 맞추어서 깁스를 하듯 헝겊 끈으로 칭칭 동여매었더니 생생하게 살아있다. 하도 신통방통하여 나무에도 깁스하는 방법이 통한다며 마치 나무의사가 된 것 같은 기분이다.

우리 동네 컴퓨터 고치는 사람이 그랬다. 자기는 양손을 쓸 수 있는 것이 얼마나 고마운지 모른단다. 만약 손을 한 쪽이라도 쓸 수 없다면 컴퓨터를 고칠 수 없을 테니까 먹고 살 일이 막막했을 것이란다. 소아마비에 걸려 한 쪽 다리를 절면서 다리는 절더라도 양손을 쓸 수 있는 것에 항상 즐거워하며 살고 있는 그의 마음가짐이 대견스럽다.

양손과 양 다리를 자유자재로 쓰며 살아가는 사람들은 그것이 얼마나 축복된 삶인지를 깊이 깨달으며 행복한 마음으로 살 일이다.

무의식의 세계

　내 뇌리에 잠재된 무의식이라는 게 어떤 것인가를 꽤 심도 있게 고민해 보지만 끄집어내어 보여 줄 수 있는 것이 아무것도 없다. 무엇하나 감 잡을 것이 없으니 무의식의 세계를 말 한다는 게 참 애매몽롱한 일이기도 하다. 하지만 의식을 받치고 있는 축대가 무의식이라 한다면 그것은 빙산의 물 아래 감추어진 부분이라고 할 수 있을 것이다.

　사람이 깨어있을 때는 보이는 현상에 대한 반응을 의식하는 것으로 느끼게 된다. 그러나 잠을 잘 때는 의식이 없는 상태에서도 꿈을 꾼다. 매우 불분명하게 일어나는 뇌파의 작용을 잠재된 무의식이라고 말할 수도 있을 것 같다. 꿈에서는 가끔 멋진 남자를 만나기도 하고 멋진 남자와의 에로틱한 사랑, 말도 안되는 포르노그래피가 연출되려는 순간이 있기도 해 깜짝 놀라서 깬다. 그것은 아마도 내 무의식 속에 그런 것을 갈망하는 마음이 잠재되어 있다가 꿈으로 나타나는 것이 아닐까 싶기도 하다. 겉으로는 아니라고 펄쩍 뛰며 부인하고 싶지만 그런 꿈을 꾸고 나면 피식 웃으며 허탈한 기분이 든다.

여우는 죽을 때 머리를 제 살던 굴 쪽으로 두고 죽는다하여 수구초심首丘初心이라 하고, 동물이 먼 곳에 갔다가도 자기가 살던 둥지나 집으로 돌아온다 하여 귀소성이라는 말도 있다. 나에게도 이 귀소성이라는 것이 무의식 속에 박혀 있는 모양이다. 그래서 가끔 어지러운 꿈을 꾼다. 날이 어두워 갈 즈음 산골 옛 고향집을 찾아 가는 것이다. 이미 몇 십 년 전에 허물어져 잡목만 울창한 그곳을 왜 꿈에서는 인식하지 못하는 것일까? 도대체 고향집은 나에게 무엇이길래 머릿속에 각인되어 요지부동을 할 줄 모를까? 꿈속에서 수없이 되살아나 현실인양 착각을 일으키는 뇌파로 인해 나는 마치 지옥을 헤매기라도 하는 고통을 겪어야 한다. 꿈에서 고향집이 없어진지 오래라는 것을 인식만 한다면 산 고개를 오르느라 힘들고 어둠이 잦아드는 산속에서 도깨비가 나타날까 늑대가 나타날까 두려움에 떨지 않아도 될 텐데, 꿈이라도 너무 무서워 애를 쓰고 나면 깨어도 머리가 무겁고 아프다. 반야심경의 모든 것은 공하다는 진리만 알아차린다면 집착의 어리석음이 일어나지 않아도 될 것인데 아직 그 진리를 깨치지 못 한 모양이다.

누가 그랬다. 전생에 쥐가 환생한 사람은, 쥐였을 적에 남의 것을 재빠르게 물어다 나르던 습관이 무의식중에서 일어나기 때문에 좀도둑질을 잘한다는 것이다. 마트에 가서 무엇을 호주머니에 슬쩍 넣거나 남의 집에 들어가 좀도둑질을 해가는 사람은 모두 쥐였었고 죽으면 다시 쥐로 태어나게 된다는 것이다. 물론 쥐의 습성을 과감히 떨쳐 버린다면 쥐가 되지 않아도 될 것이다.

사람의 눈에 개의 눈을 이식하였더니 똥이 그렇게 먹음직한 음식으로 보이더라는 꾸며낸 이야기가 있다. 그럴싸하다. 쇠파리란 놈은 똥 냄새에 대한 후각이 발달하여 아주 먼 곳에서도 그 냄새를 감지한다. 오랜 동안 행해오던 습성은 무의식에 깊이 각인되고 그것은 점점 더 발달하게 되는가 보다.

사람은 어느 한 가지 일에 치중하면 그 방면으로 점점 발달하고 진보하게 된다. 전문가가 되어가는 것이다. 그래서 바람을 피우기 시작하면 바람쟁이가 되고, 도박에 빠져들면 도박꾼이 된다. 기술을 습득하면 기술자가 되고, 과학을 연구하면 발명가가 되고, 좋은 쪽으로나 나쁜 쪽으로나 무한한 가능성이 열려있는 것 같다. 특별히 사람의 뇌세포는 수 억 개의 조직으로 이루어져 어느 한 분야에 맞춰 불을 켜느냐에 따라 하나씩 차례대로 불이 들어오게 되는가 보다. 하지만 사람들은 자신의 뇌세포를 반도 활용하지를 못한다고 하니 불을 꺼 놓은 것이나 다름이 없는 것 같다. 치매라는 것도 뇌세포를 활용하지 않아서 세포가 죽어가기 때문에 일어나는 병이라 한다.

동물들에게도 그것들만이 지니고 있는 무의식이 있을 것이다. 우선 사람과 가장 가까운 12지+二支 동물을 들척거려본다. 쥐, 소, 범, 토끼, 용, 뱀, 말, 양, 원숭이, 닭, 개, 돼지다. 그것들은 사람으로 환생할 수 있다고 한다. 전생에 범이었던 사람은 그 성질이 사납고, 뱀이었던 사람은 징그러운 데가 있고, 소였던 사람은 우직하고, 돼지였던 사람은 욕심이 많다고 한다. 날아가는 꿈을 잘 꾸는 사람은 전생 언젠가에 새였을 때의 기질이 있어서이고, 수영을 잘 하는 사람은 물고기였던 기질이 무의식 중에 깔려 있기 때문이라 한다. 개가 사람으로 가장 많이 환생을 한다는데, 그래서 개 같은 인간이 있는 것인지 모르겠다.

엄밀히 따지면 전생 그 언젠가에 동물 아니었던 사람이 없고 사람으로 환생한 횟수가 많아져야 동물의 습성에서 벗어나게 된다는 것이다. 사람마다 족보랄까, 약력이랄까, 무엇으로 생겨나 무엇이 몇 번 되었다가 또 무엇이 되고 하여 마침내 사람으로 몇 생을 살고 있다는, 그 누구도 모르는 프로필이 있을 것이다. 사람이나 짐승이나 죽었다 환생하면 전생에 대해서는 까맣게 모르게 되니 자기 프로필을 알 리는 없다.

사람이라고 다 같은 사람이 아니고 정신 수준에 따라 수천수만의 차이가 난다. 동물이 바로 사람의 몸을 받으면 그 수준이 낮을 수밖에 없을 것이다. 동물에서 겨우 한 단계 업그레이드된 셈이기 때문이다. 그래서 사람이면서 동물의 수준을 가진 자들이 있게 되는 것인지 모를 일이다.

　한 가지 분명한 것은 개든 소든 사람이든 죽어야 다시 태어날 수 있지 죽지 않고는 환생할 수 없고, 또 다른 것으로 환생하여도 전생의 습성이 무의식의 세계를 지배하고 있다는 사실이다.

새댁

"새댁- 고맙수."

"호호 제가 무슨 새댁이여요. 60도 넘었는데"

"나한테 비하면 새댁이지."

　그 할머니 연세는 어든 하고도 일곱이나 되셨으니 자기에 비하면 내가 새댁이라는 것이다. 그래도 그렇지 이 나이에 새댁이란 명칭이 가당키나 한 말인가? 뒤 돌아보니 언제 내게도 새댁 시절이 있기나 했었던가 싶다. 가난이란 놈의 노예가 되어 새댁인지 헌 댁인지 가늠도 못한 채 청춘을 그냥 흘려보내고 말았다. 아니, 새댁은 어떤 어려운 환경에 처한다 해도 새댁다워야 하겠지만, 내가 어둔하여 몸과 마음을 가꿀 슬기가 부족했기 때문이었다.

　새댁은 옷매무새가 단정하고 얌전해야 한다. 자다가 일어난 것처럼 부스스한 얼굴을 하고 있다거나 덜렁대거나 함부로 말하거나 큰 소리로 웃어대거나 물때썰때 없이 나선다면 새댁의 행동거지가 아니다. 한국의 대표적인 여성상으로는 흔히 신사임당과 육영수 여사를 꼽는다. 그 두 분 이야말로 만년 새댁의 모습이었다. 갓 피어난 목련꽃 같다고 해야 할까? 백련 같다고 해야 할까? 우아하면서도 다정다감한 아름다움은 모든 여성의 보감寶鑑이 된다. 우리 한국의 여성들은 이 두 분을 닮아가는 노력이 필요하리라.

새댁은 새댁다운 옷을 입어야 하고 노인은 노인다운 옷을 입어야 한다. 새댁이 늙은이 옷을 입으면 늙은 기운이 감돌아서 못쓰고, 노인이 젊은 옷을 입으면 주책이 돋보인다. 옷은 그 사람의 품위를 말해주는 것인데, 잘못 입으면 품격이 떨어진다.

요즘 옷은 매우 다양해 졌다. 용도별로 두루 갖추어 놓고 때에 따라 맞는 옷을 입어야 할 것이다. 일을 할 때는 작업복을, 등산을 할 때는 등산복을, 예식장에 갈 때와 장례식장에 갈 때는 각기 그에 맞는 옷을 입어야 한다. 예식장에 가면서 장례식장 가는 옷을 입는다든가, 장례식장에 가면서 예식장 옷을 입으면 대단한 결례가 된다. 신발도 그렇다. 예식장에 가면서 슬리퍼를 신는 사람이 있는데 그것은 예의에 크게 벗어난다.

옛날에는 성씨를 가지고 양반 상민을 가렸지만, 지금은 행동거지가 양반 상민을 대변해 주는 것 같다. 길에서 무엇을 먹고 다닌다든가, 슬리퍼를 질질 끌고 다니는 것은 양반의 행동이 아니다. 자손이 상민 짓거리를 하면 조상이 울고, 양반 행실을 하면 조상이 기뻐서 웃는다 했다.

의복을 경우와 때에 맞게 잘 입는 것도 상대방에 대한 예의가 된다. 동행을 하는 친구가 만약 요란하고 천박스러운 옷을 입었다면 같이 가는 사람까지 격이 떨어지게 되니 친구라고 하기도 민망한 일이다. 옷은 비록 겉모습이지만, 그 사람의 취향이나 성격, 품위를 고스란히 표시해 주는 것이니 중요하지 않을 수 없다.

새댁이라는 이름은 참 아름답다. 새벽이슬 머금고 갓 피어난 꽃과 같다. 갓 피어난 꽃은 티 없이 청순하고 곱다. 새로운 꿈과 희망, 사랑에 부풀어 있다. 평생을 같이할 믿음직한 신랑을 만났으니 오죽이나 좋으랴. 그 마음 오래오래 간직하여 늘 새댁처럼 살아간다면 어여쁜 인생이 될 것 같다. 항상 정숙하고 곱게 늙어 할머니가 되어서도 새댁처럼 말이다.

새댁들이여 콧대 세워 남편의 기를 꺾으려 들지 말라. 남편의 기 꺾고 나면 바로 자신이 불행해진다.

스트레스

    은행에서 나오니 큰 차가 인도를 떡 가로막아 내 자전거가 빠져나갈 틈이 없었다. 전화번호도 없어 무턱대고 기다리는데 차 주인이 와서 문을 열었다.

    "차를 이렇게 대시면 어떻게 해요. 보행자도 빠져나갈 틈이 없네." 했더니,

    "금방 나올 거라 그랬어요." 했다.

    "아무리 금방 나와도 그렇지요." 하고 토를 달았더니

    "그 사람 참 말이 많네." 하고 큰 소리로 화를 냈다.

    "말이 많다니요. 잘못했으면 잘못한 줄 알아야지." 나도 언성을 높였다. 그랬더니

    "뭘 그렇게 잘못했습니까? 대단한 자전거 하나 가지고서." 했다.

나는 그만 화가 격발하여 떠나는 그의 차 뒤에다 대고

"말을 그따위로 밖에 못하냐?" 하고 냅다 소리를 질러 버렸다. 소리를 질러도 분이 풀리지 않았다. 자전거나 타고 다니는 주제에 무슨 큰 소리냐는 말이 심히 치욕스러웠다. 화가 나서 혈압이 치솟는 듯했다. 그러나 곧 내가 왜 이러는가 하고 화를 가라앉히려고 심호흡을 했다.

화火는 불이다. 화를 내는 것은 제 몸에 스스로 불을 지르는 것이다. 그래서 끓는다고 한다. 불이 타고 있으니 부글부글 끓을 수밖에 없다. 끓는 수증기가 머리로 올라가면 뒷골이 당긴다. 울화통이 터진다. 상황이 이쯤 되면 멱살잡이를 하던가, 주먹으로 애꿎은 벽을 치던가, 심지어는 머리를 벽에다 늘이박는 사람도 있다. 혈압이 터져서 중풍환자가 된 이도 있다. 또 작은 화일지라도 쌓이면 울화병이 된다. 우울증이나 협심증이 일어나는 경우도 있다. 한방에서는 모든 병의 원인은 화에 있다고 하고, 현대 의학에서도 스트레스는 만병의 원인이라고 말하고 있다. 이렇게 무서운 화를 꼭 내야 하는가? 화를 안 내고는 살아갈 수가 없는가? 그러나 화나는 일은 예기치 않은 곳에서 갑작스럽게 발생한다. 때로는 남이 아닌 나 자신에 대해서도 화가 날 때도 있다.

상대방의 이기적인 행동이 나의 인권이나 재산권을 침해하려 하면 내 안에서 순간적으로 정신적 반동이 불꽃을 튀기며 일어나는 것이다. 남에게 피해를 입지 않으려는 지극히 자연스러운 현상이다.

화를 내야 할 때 참고 있으면 바보 취급을 받기도 한다. 주위 사람들을 살펴보면 한 칼에 무 자르듯 발끈하고 화를 냈다가는 금방 사그라지는 사람도 있고, '너는 네 마음대로 얼마든지 해보아라' 하는 식으로 느긋하게 대처하는 이도 있고, 화는 전혀 내지 않고 차근차근 따져드는 사람이 있다. 어떠한 상황에서도 논리정연하게 따지는 사람한테는 아무도 못 당한다.

우리는 스트레스를 많이 받고 살아간다. 받는다는 것은 주는 사람이 있기 때문이다. 그러면 만병의 원인이 되는 나쁜 것을 남에게 주는 사람은 고약하기 짝이 없는 사람이다. 그러나 나쁜 것을 주는데 덥석 받아들이는 사람 또한 대책 없기는 마찬가지다. 상대방보다 한 차원 위에서 용서와 이해를 할 수 있는 큰마음이 있다면 스트레스를 받지 않고도 현명하게 대처할 수가 있을 것이다.

내가 겪은 일도 차 주인이 보행자를 배려하는 마음을 조금이라도 가졌더라면 인도를 막아 주차하지는 않았을 것이다. 나 또한 그 운전자에게 너그러운 마음으로 친절하게 말했더라면 그

도 "죄송합니다."로 순하게 끝냈을 것이다. 내 뒷북치는 체질은
정말 어쩔 수 없나 보다.

장군감

언젠가 버스 안에서였다. 대여섯 살쯤 되어 보이는 남자 아이가 악을 있는 데로 쓰며 울어댔다. 아이의 엄마는 달래지도 혼내지도 않고 입을 꼭 다물고 부동자세를 견지했다. 그러자 짜증이 난 승객들이 기어이 한마디씩 던졌다. "거참 아이를 좀 달래보시오" 하고, "울면 아저씨가 잡아 간다 어서 뚝 그쳐야지"라 하고, 좀 심하게 "시끄러워 죽겠으니 아이를 대리고 내리시오"라고 까지, 어떤 이는 아이 잘못 가르쳐 놓으면 나중에 제 어미한테도 발길질을 한다며 혀를 차기도 했다.

아이의 성격에도 문제가 있고 엄마의 교육에도 문제가 있어 보였다. 아이는 아주 어려서부터 되는 것과 안 되는 것을 분명하게 가르쳐야 한다. 어른이 야단을 치면 두려운 줄도 알아야 하고 눈치를 살필 줄도 알아야 한다. 제멋대로 떠 받쳐서 키워 났다간 귀여운 손자가 할아비 수염을 잡아 뜯는다고 하지 않던가? 염우염치가 없어지면 막돼먹은 인간이 되기 십상이다.

아는 집에는 생후 6개월 된 아기가 있다. 아주 튼실한 장군감이다. 그런데 이 아기는 배만 바닥에 닿으면 비행기 날아가는 시늉을 한다. 팔과 다리에 얼마나 힘을 주던지 아기살이라도 매우 단단하다. 아기는 엎치기 시작하면서 온종일 엎치고 뒤집기만을 반복하더니 지금은 눈만 뜨면 비행기 날아가는 체위를 한단다. 아기는 땀을 흘리면서도 제 작은 몸으로 할 수 있는 몸동작을 끊임없이 연습하여 튼튼한 몸을 다진다. 아기가 하도 장해 보여서 어르려고 일으키다가 어찌나 무겁든지 하마터면 아기를 떨어뜨릴 번했다. 분명 놀랐을 텐데 울지도 않고 옹알이를 청하며 벙긋거리더니 방바닥에 눕히니까 어느새 또 비행기를 띄웠다.

이 아기는 아마도 장차 운동선수가 되든지 별자리 장군이 될 모양이라고 했더니, 아기 엄마는 운동선수나 군인은 몸이 고달프니 시키고 싶지 않다고 했다.

더운 피가 펄펄 끓어 열렬한 정신, 격렬한 정열을 가진 남자를 열혈남아라고들 하는데, 버스 안에서 고래고래 악을 쓰며 울던 아이는 그 열혈을 울음으로 분출해내는 것이고, 생후 6개월 된 이 아기는 제 몸을 단련시키는데 열정을 다하고 있는 셈이다. 그러니까 아기라도 정열을 어디에다 쓰느냐에 따라서 장래의 판도는 달라지리라.

　아기는 모든 가능성을 품고 태어난다. 어떤 환경에서 자라느냐에 따라 착한 사람이 될 수도 있고, 나쁜 사람이 될 수도 있다. 아이들은 꿈나무다. 상처를 받지 않아야하고 나쁜 환경의 영향을 받지 않아야 하고 굽으면 바로잡아주어야 한다. 부모와 어른들은 아이들에게 사랑이라는 거름을 듬뿍 주고 바른 교육과 착한 인성을 심어주어야 할 의무가 있다. 무조건 좋은 대학에 보내려 할 게 아니라 적성을 살려 그들이 가고자 하는 길을 제대로 갈 수 있도록 보살펴 주어야 할 것이다. 미래를 짊어지고 가야 할 아이들, 그들이 어른이 되어서는 지금보다 훨씬 좋은 사회를 만들어가길 기대해 본다.

10억의 걸인

지하도 계단을 내려가는데 70대 중반쯤 되어 보이는 남자 노인이 손을 내밀고 있다. 이 추운 날 옷도 얇게 입고 벌벌 떨고 있어 천 원짜리 한 장을 꺼내 주었다. 언젠가부터 그런 이들을 보면 그냥 지나치지 못하겠어서 몇 백 원이라도 털어주곤 했는데, 최근 매우 어처구니 없는 말을 들었다.

그 노인인지 아닌지는 몰라도 아들이 변호사를 하고, 살고 있는 집과 땅이 10억이 넘는 사람이 있다는 것이다. 한 푼 두 푼 얻어 모은 것이 10억이 될 수 있다니 놀라울 지경이다. 티끌모아 태산이라는 말이 이럴 때 적중하게 맞아 떨어지는가 보다. 그러나 변호사까지 한다는 그의 아들은 제 아비가 비렁뱅이 질을 하는데도 어찌 보고만 있다는 말인가? 남의 일이라도 퍽 괘씸하다는 생각이 든다.

구걸을 하는 행위는 추한 일이기는 하지만, 도둑질이나 사기를 치는 범죄가 아니기 때문에 법적으로는 죄악이라 할 수 없을 것이다. 그러나 남의 동정심을 이용해서 돈을 모은다면 떳떳하거나 정당하다고는 말할 수 없다. 인간의 가장 아름다운 마음은 동정심이라 할 수 있을 것이다. 어려운 처지에 놓인 사람을 보면 불쌍하고 안쓰러워 한 푼이라도 도와주고 싶은 따뜻하고 값진 인간미다. 그런 동정심을 이용하는 이가 있다면 사람들은 차츰 동정심마저 안으로 닫아걸게 될 것이다.

어떤 한 가지 일을 계속하게 되면 그 방면으로 달인이 된다. 아마 그 노인은 구걸하는데 달인이 되어 남보다 더 많은 돈을 얻어내고 있을지도 모른다. 더 얇고 떨어진 옷을 입고 더 먼지를 뒤집어쓰는 분장을 하고, 연기 아닌 연기를 하고 있는지도 모른다는 생각을 하니 가증스러워 진다. 그래도 그렇지 10억이 넘는 재산을 모았으면 그 노릇을 그만 접을 것이지 나이도 나이니 만큼 죽을 날도 머지않은 듯한데, 재산 쌓아놓고 죽으면 누가 고맙다고나 할까? 아마도 아들은 제 아비가 거지였다는 것을 남들이 알까봐 전전긍긍할 것이다.

정상인이라면 남에게 폐 끼치기를 싫어한다. 몸이 불구라도 남의 동정 사는 것을 자존심 상해하는 이도 있다. 대가 없이 남의 도움을 받았다면 그것은 언젠가 갚아야 할 빚이다. 구걸을 해서 10억을 모아놓고 죽으면 그 노인은 10억의 빚을 지고 가는 셈이다. 인생을 그렇게 살면 안 된다는 생각을 한 번이라도 해 본적이 있을까? 한 번 태어나서 한 세상 살다가는 인생, 그 삶을 인간 밑바닥까지 격하시켜서야 되겠는가. 어떤 어려움에 처한다 할지라도 격조 있게 살아야 하지 않을까?

창조된 시간

　벌건 숯불 위에서 껍질을 까맣게 태우며 군밤이 익어 가듯 여름은 한창 그렇게 타고 그을리면서 뜨거운 김을 폭폭 쏟아 내고 있다. 나는 오랫만에 더위도 식혀 볼 겸해서 도서관을 찾았다.

　도서관 입구에는 붓으로 커다랗게 쓴 '시간을 창조하자' 라는 액자가 걸려 있다. '시간을 창조하자' 그 일곱 글자가 이루어 내고 있는 간결한 문장은 얼마나 깊은 의미를 담고 있는지. 어찌하여야 시간을 창조할 수 있으며, 시간을 창조하는 사람은 어떤 사람들일까?

　도서관 안에는 학생들이 열심히 책을 읽고 있다. 남들은 바다다 산이다 청춘을 즐기고 있는데 도서관에서 책과 싸우고 있는 그들은 목표를 가지고 남다른 사람이 되기 위해서 열중하고 있는 중이다. 그들이 그렇게 만들어 가는 미래 속에는 또 다른 여러 사람에게 선사해 줄 선물이 들어 있을 것이다.

우리는 현재 수많은 과학기술자들이 이룩해 놓은 기계문명의 혜택 속에서 살아가고 있다. 냉장고와 TV, 컴퓨터, 자동차, 전철, 비행기... 일일이 헤아릴 수 없을 만큼 우리 생활을 편리하고 신속하게 해주는 문명의 이기들이 우리들의 시간을 절약해주고 있다. 이 모두 그 누군가가 머리를 써서 오랜 고생 끝에 이룩한 것을 우리가 쓰고 있는 것이다.

물질문화에 못지않게 정신문화의 유산도 많이 있다. 오래 전 해인사 팔만대장경의 목판 앞에 섰을 때 나는 그 영구 불멸의 창조된 시간을 보았다. 그저 목판에다가 글자 한 자 한 자를 꼼꼼히 새겨 넣은 것만은 아니었다. 그 글자 한 자 한 자에는 조상의 혼이 녹아 있고 빛나는 정신세계가 반짝이고 있음을 보여주고 있었다. 팔만대장경이란 장대한 경을 획 하나 틀리지 않고 일사 정연하게 파 낼 수 있는 그 엄청난 정성과 인내력, 그 위대한 업적 앞에서 끝없이 감동하지 않을 수 없었다.

또 조선시대 청화백자매죽문호를 대하였을 때는 옥보다 더 매끄러운 표면에 푸른색의 매화와 대나무 그림이 어찌나 잘 그려져 있던지, 눈길을 돌릴 수가 없었다. 한 도공이 평생을 바쳐 이룩한 도자기 한 점이 수천 년이 가도 빛나는 유산으로 살아서 숨 쉬고 있다는 것은 시대를 앞질러 영원한 미래를 끌어다가 도자기에 담아서 내놓은 것이리라.

현대 문명이 제 아무리 발달해서 멋진 그림과 도자기를 만들었다 해도 그 것에는 오랜 인내로 빚어진 정성과 얼을 담아 내지 못하니 한 날 평범한 그릇에 지나지 않을 것이다. 십 년의 세월을 바쳐 천년을 이어갈 수 있는 무엇을 만들었다면 그야말로 천년의 시간을 창조한 것이나 다름이 없을 것이다. 미켈란젤로는 '최후의 심판' 이란 걸작을 완성시키기 위해 8년이나 정성을 쏟았다고 한다. 레오나르도 다빈치는 '최후의 만찬' 을 무려 10년 동안이나 그렸다고 한다.

창조한다는 것은 무언가 새롭고, 유익하고, 아름다운 것을 만들어내는 것이다. 새로운 것을 만들어내기 위해서는 장기간의 고뇌와 정신적 투쟁이 필요하다. 한 시간 한 시간 정성을 바쳤을 때, 그 시간들이 쌓이고 쌓여 5년, 10년이 지나 마침내 의도한 작품을 만들어낼 수 있을 것이다. 한 시간, 한 시간, 열정을 다하여 십년, 이십년 이룩한다면 그것이 곧 시간을 창조하는 일이 될 것이다.

보석같은 눈

하늘이 눈이 시리도록 파란 청명한 날이었다. 맹인 세 사람이 무슨 볼일이 있는지 길을 가고 있었다. 제일 앞에선 사람이 뒤의 사람 손을 잡고 또 뒤의 사람이 뒤의 사람의 손을 이끌고 더듬거리며 가는 모습을 보니 우리 속담에 '소경이 소경을 이끈다.'는 말이 생각났다. 자기도 소경이면서 어찌 남을 이끌 수 있을까? 소경이 소경에게 이끌려 봐야 답답한 것은 마찬가지일게다. 그러나 자기도 볼 수 없어 불편한 몸이면서도 남을 위해 앞장서서 도움이 되어 준다는 것, 그 마음씨는 얼마나 고마운가?

내 고향에는 맹인 부부가 살고 있었다. 그 집 아저씨는 도랑은 어디에 있고 길은 어디서쯤에서 굽어져 있고, 돌이 있는 곳, 집이 있는 곳을 눈으로 보듯 다 안다. 날씨가 맑은지 구름이 끼었는지, 비가 오려고 하는지도 안다. 그뿐이 아니다. 아는 사람은 발자국 소리만 듣고도 누가 오는지 알아맞힌다. 사푼사푼 가볍게 걷는 걸음걸이와 질질 끈다든지 힘 있게 뚜벅뚜벅 걷는 것으로 감을 잡을 수 있나보다. 그 아주머니는 샘에 가서 물을 길어다가 밥을 하고 반찬을 만드는데도 문제가 없다. 눈으로는 사물을 볼 수 없지만 마음으로 혹은 감각으로 보는 모양이다. 자식은 눈이 초롱초롱한 남매를 낳아 용의 알처럼 키웠다. 그 아들이 똑똑하여 고 박정희대통령에게 학자금을 보내 달라 편지를 하였는데, 가까운 중학교를 무상으로 가라하여 중학교를 다니고 있었다.

맹인들은 아무리 마음으로 감각으로 본다 해도 눈으로 사물을 보지 못하니 얼마나 답답하겠는가? 눈을 떠서 세상을 볼 수 있는 것이 소원일 것이다. 그러나 우리는 또 볼 수 있는 눈을 가졌으면서 제대로 보지 못하는 것은 얼마나 많을지? 사물을 겉만 보고 진짜 귀중한 속은 보지 못하고, 아름다움을 바라보며 그 아름다움의 진실함을 알지 못하고 추한 것을 보며 추한 것에 대한 원인을 알려 하지 않았을 지도 모른다.

'몸이 천 냥이면 눈은 구백 냥이다.' 라는 말이 있다. 우리 몸 어느 한군데 소중하지 않은 곳이 없겠지만 눈이 차지하는 비중이 그만큼 크다는 얘기가 되겠다. 만약 사흘만 눈을 감고 있어야 한다면 그 까만 어둠의 세계를 어찌 감당할 수 있을까? 생각만 해도 아찔하다.

영국에서 최초로 아이뱅크, 즉 안구은행이 설치되었다한다. 각막 이식에 필요한 안구 제공자의 등록과 각막의 보존, 중개 등을 맡아보는 기관이다. 지금은 우리나라에도 눈 이식 수술이 실현되고 있지만 뇌사자가 극히 드물고 또 가족의 반대에 부딪치기도 하고, 시간을 놓쳐 눈을 못 쓰게 되어 버리기도 하지만 어쩌다 행운을 얻어 평생 맹인으로 살아야 할 사람이 눈을 얻었을 때의 그 기쁨이란 얼마나 대단할까? 그러니 돈이 없다고, 키가 작다고, 못생겼다고 한탄을 할 일이 아닐 듯싶다. 보석 같은 눈을 가진 것도 얼마나 큰 행운을 잡은 것인가?

숨은 행복 찾기

도시에서 사노라면 '상대성 빈곤' 이라는 것을 처절하리만치 느낄 때가 있다. 당장 먹고 사는 것에는 문제가 없지만 있는 자들에게 비유하면 자신이 너무 초라하다는 것이다. 그래서 때로는 나는 이게 뭔가 이러고도 살아야 하나? 하는 한심한 슬픔에 젖기도 한다. 억울하면 출세하라는 말도 있지만 돈 버는 재주가 없으니 무슨 출세를 하겠는가.

상대성 빈곤은 시시때때로 엄습한다. 친구 집을 방문했을 때도 그렇고, 모임에 나가도 그렇고, TV를 보다가도 그렇다. 웬만치 사는 사람들은 다들 잘 해놓고 물질을 너무 누리며 산다.

얼마 전 모임에서 세금을 억 단위로 냈다는 말에 나는 그만 기가 죽어 버렸다. 증권에서 억을 날려버렸다는 이야기를 아무렇지도 않게 한다. 억이 무슨 천원자리 정도로 아는지.

어디 그것뿐이랴. 로또는 백 억이니 이백 억이니 하면서 사람의 마음에 허영심만 심어 놓고, 정치판에서는 오백 억이니 육백 억이니 하는 뇌물을 받아 서민의 마음을 뒤집어 놓는다. 있는 자와 없는 자 사이의 굴곡이 하늘과 땅처럼 까마득하다.

가난한 자 앞에서 돈 쓰는 자랑을 하지 말라. 가난한 자의 마음이 얼마나 다치는지 헤아려 보았는가. 또 남편이 없는 자 앞에서 남편 이야기를 하거나 아들이 없는 자 앞에서 아들 자랑을 하는 것도 역시 마찬가지다. 무심코 하는 말이 남의 상처를 건드려 치명타를 입힌다는 것을 헤아려 보았는가?

고향 언니들을 만나고 온 이튿날 나는 산에 약 뿌리를 캐러가서 실컷 울었다. 언니들의 잘 사는 이야기가 내 처지를 비관하게 했던 것도 있고, 근래 들어 몹시 허리와 다리가 아픈데다가 무릎까지 부어 있는 자신을 돌아보면서 눈물이 저절로 흘러 내렸다. 그래서 돈이 없으면 몸이나 건강하던가, 허리가 아프면 무릎이라도 안 아프던가, 무슨 놈의 팔자가 돈도 없고 허리도 아프고 다리까지 아파야 하느냐며 울다보니 끝이 없다. 지나간 온갖 일들, 고생하신 어머니 아버지까지 생각나서 슬픔은 더욱 더 고조되어 왔다. 울려고 하니 끝이 없을 것 같았다. 서산에 해는 반 조각만 걸쳤는데 집으로 가야 할 시간이다. 눈물을 훔치고 스스로 마음을 달래려고, 그래 이대로도 괜찮다. 돌아갈 집이 있다는 것만도 얼마나 다행인가.

집에 와 저녁밥을 지으려 쌀을 떠내다가 옛날에는 부자들도 쌀밥을 먹기 힘든데 허연 쌀밥을 사시사철 먹을 수 있으니 옛날 같으면 나도 부자가 아닌가 하는 생각이 들었다. 잠을 자려고 자리에 누우니 따뜻한 방에서 잠을 잘 수 있는 것이 행복이 아닌가. 그러고 보니 내게 있는 모든 것에 행복이 숨어 있었다. 세탁기로 빨래를 할 수 있는 것, 전화로 친구들과 수다를 떨 수 있는 것에도 행복이 들어 있고, 남편을 기다리고 있는 것, 아들을 기다리고 있는 것에는 아주 큰 행복이 들어 있었다. 그래서 나는 아주 작은 것에서도 행복이 숨어 있다는 것을 발견하고 이제부터는 숨은 행복을 찾기로 했다.

돈

원고료를 받고 유난히 좋아했던 적이 있다. 액수는 얼마 안 되지만 그 돈에는 가식이 전혀 개입되지 않았기 때문이다. 그렇게 받은 돈은 내 생활에 약처럼 유효적절하게 쓰여진다. 힘들게 번 돈은 언제나 적은 법이지만 오래 머물러 마디게 쓰이기 마련이다.

사람이 살아가는데 돈은 불가분의 존재이다. 돈이 없으면 마음부터가 빈곤하고 누구를 만나려고 해도 주저해지고 온 몸에 기운이 빠진다. 몸과 마음이 다 같이 갈증을 느껴 세상 살맛이 안 난다. 그러나 주머니에 돈이 좀 들어오면 생기가 돌고 쓰지 않아도 든든하고 기운이 솟아난다. 돈은 활력소 역할을 한다.

돈의 액수는 크던 작던 간에 적절하게 쓰여야만 제 가치를 발휘한다. 100원 짜리 하나라도 요긴하게 쓰일 때가 있다. 천 원 한 장으로 버스를 타면 원하는 곳까지 실어다 준다. 이렇게 돈은 생활의 곳곳에서 적중하게 쓰이기만 하면 건강한 생활을 받쳐 주는 윤활유다.

물물교환의 불편함을 해소하기 위해 언제부터인가 돈이 만들어지면서 돈은 사람과 사람 사이를 돌고 돌아 꾸준히 인류 문화를 발전시켜 왔다. 그러나 사람이 만들어 그 생활 수단을 편리하게 하기 위해 쓰이는 것이 그것만 있으면 만사형통하는 효력을 내다보니 사람과 돈의 가치가 혼돈되기도 하고 돈이 사람위에 군림하는 역현상을 빚게도 되었다. 돈만 있으면 죽을 사람도 살릴 수 있지만, 돈이 없으면 살 사람도 죽게 되니 돈의 위력은 대단하다.

돈에 눈이 어두운 것은 정치판이다. 뇌물과 비리로 온통 얼룩져서 따가운 질책과 지탄을 받는데도 돈만 주면 명예도 인격도 헌 신짝처럼 날려 버리는 정치인이 적지 않다. 뇌물과 비리는 아마도 역사가 끝날 때까지 근절되지 못할 모양이다. 사람의 물욕에 대한 그 질정 없는 욕심은 도대체 어디까지일까? 가지면 가질수록 분화구같이 커져만 가는 것이 인간의 욕망인가?

우리나라의 현 경제패턴엔 잘못된 점이 많다고 본다. 노력으로 버는 돈보다 투기로 돈을 버는 쪽이 더 크니 얼마만큼의 돈만 있으면 그 돈이 새끼를 쳐 끝없이 돈이 돈을 물고 들어온다는 점이다. 그래서 불로소득이 생기게 된다. 또 노동을 하는 쪽

보다는 서비스업에 종사하는 쪽의 수입이 많다. 흔히 3D현상이라는 말을 곧잘 하는데 어려운 일, 힘든 일, 위험한 일을 하지 않으려하는 데는 힘든 만큼 보수가 주어지지 않기 때문이다.

경제가 짜임새 있게 잘 돌아간다면 허점이 있을 수 없을 것이다. 그러나 제대로 짜이지 못했기 때문에 그 허점을 타서 머리를 굴려 무더기 돈을 버는 사람이 생겨나고 그로 인해 열심히 일하고 꾸준히 모아가는 사람은 의욕을 잃고 만다.

우리 속담에 '개처럼 벌어서 정승처럼 쓰라' 는 말이 있다. 돈을 벌 때는 아무 일이나 열심히 하고, 쓸 때는 정승 같은 지혜로 쓰라는 얘기지만, 아무리 돈을 버는 일이라도 말이 그렇지 개처럼 벌어서는 안 될 것이다. 사회악을 불러일으키는 일, 남에게 조금도 도움이 되지 않는 일로 돈만 많이 번 사람이 정승처럼 쓸 수 있는 지혜가 떠오르기나 할까?

어느 카펫 공장을 하는 사람의 이야기를 들은 적이 있다. 어려서부터 남의 카펫 공장에서 일해 오다가 독립을 해서 자신의 카펫 공장을 차렸다. 그는 온 정성을 다하여 좋은 품질의 카펫을 만들었고 판매 수완도 좋아 돈을 잘 벌기 시작했지만 얼마나 인색하던지 형제간이나 친척들이 찾아와 손을 벌려도 일언지하에 거절을 해서 아예 발을 끊고 산다고 했다. 그 부인은 무식한데다가 마음까지 옹색해 돈을 쓴다는 것은 옷과 구두를 사다 나르는 것밖에는 할 줄 몰라 주체할 수 없을 만큼 옷과 구두가 쌓이면 몇 자루씩 실어다 버린다고 한다. 돈이 돈으로서의 가치를 상실하면 결국 공해가 된다.

몇 조나 되는 금싸라기 같은 땅을 청소년 광장으로 내놓은 독지가나, 평생 김밥 장사를 해 장학생을 키워 내고도 남은 땅을 몽땅 대학교에 바치고 돌아가신 김밥할머니는 돈을 정승처럼 쓰신 분들이다. 이 이야기는 우리 가슴에 영원히 빛으로 남을 것이다. 우리는 '이병철이가 죽을 때 돈 가져갔는가?' 하는 말을 흔히 들어왔다. 살아서는 수십 채의 빌딩을 가졌다 해도 죽으면 땅 몇 평 차지하는 묘지밖에는 갖는 것이 없다.

하지만 인생은 사는 동안에는 삶을 제 뜻대로 펼쳐 나가야 하고, 사회의 일원으로 살아가야 하기에 돈은 꼭 벌어야한다. 돈은 생명을 이어가는 핏줄 역할을 하기에 그만큼 중요한 것이다. 그러나 돈이 사람 위에 군림한다는 것은 용납될 수 없으며, 인간의 위상을 돈 앞에서 실추시키는 일이 일어나서는 안 된다. 누구나 하고 싶은 일을 마음껏 하며 정당한 대가를 찾을 수 있는 사회가 되어 바르게 벌고 바르게 쓸 때 돈은 신성해 질 것이다.

꽃동네

초행이라 여러 번 길을 물어 음성 꽃동네를 찾았다. 그러나 꽃동네에 들어서서 또 어이없이 헤매는 일이 벌어졌다. 하필이면 정신질환 환자한테 길을 물었고 그가 가르쳐 준대로 가다가 보니 전혀 엉뚱한 방향으로 가게 되었던 것이다.

먼 길을 돌아 박 할머니를 찾으니 수녀 한 분이 할머니의 휠체어를 밀고 나왔다. 우리 일행은 할머니의 손을 잡고 반가워 어쩔 줄을 몰라 했지만 만면에 웃음을 지으며 반기던 할머니가 갑자기 "누구신지요?" 하는 게 아닌가? 우리는 그만 기가 딱 막히어 고향 이름을 대고 아버지의 이름을 대고 생각나는 대로 온갖 이름을 다 들먹거렸지만 할머니는 눈물만 연신 흘릴 뿐 안타깝게도 기억을 떠올리지 못하고 말았다.

할머니는 머리를 다친 후 지나간 기억들을 잃어버렸는데, 자기가 누구라는 것이며 어디어디서 살았다는 것만 대충 생각날 뿐 다른 기억들은 떠오르지를 않는다는 것이다. 금년에 나이가 94살이 된 할머니는 음성이나 마음씨나 옛날 그대로의 모습으로 말 한마디마다 정이 흘러내리는 데는 변하지 않았다.

할머니를 돌보고 있는 수녀는 얼마나 친절하고 상냥하던지 마치 하늘나라에서 온 천사 같다고나 할까? 수녀는 할머니를 보고 어머니라고 불렀고 할머니는 수녀가 자기 딸이라고 하여 흡사 모녀 지간을 보고 있는 것 같기도 했다. 친딸이라 해도 그렇게 잘 돌볼 수가 있을까? 사전에 연락도 없이 찾아갔는데 할머니를 금방 목욕이라도 시킨 듯이 얼굴, 손발, 옷을 깨끗이 해 놓은 것을 보면 평소에도 늘 그렇게 깨끗이 해 드리는가 보다.

수녀는 여러 가지 이야기를 자상하게도 들려주었다. 그 곳은 쉽게 표현한다면 호텔로 비교될 수 있을 정도로 노인들의 생활에 불편이 없도록 아프신 분들은 의사나 간호사들이 정성껏 치료도 해주고 모두들 최선을 다해 내 부모처럼 보살펴 드린다는 것이며, 할머니가 처음 들어와서는 잡숫고 남은 밥을 비닐봉지에 담아서 넣어 두곤 해서 혹시라도 상한 밥을 드시고 배탈이라도 나게 될까 봐 찾아서 버리기에 바빴다는 것이며, 또 호주머니에 꼭꼭 싸 넣어 두었던 할머니의 전 재산 14만 원이 하룻밤 사이에 없어져 며칠을 두고 슬퍼하시는 모습을 뵙기가 딱했다는 말까지.

인간의 그 어쩔 수 없는 물욕에의 집착은 생의 끝자락에 가서도 떨어버리지 못하는가 보다. 박 할머니가 먹다 남은 밥을 아까워하고 혹시라도 밥이 안 나올 때를 대비해서 비닐봉지에 담아 두는 마음이나 더는 돈을 가져 볼 수 없는 상황에서 가진 돈을 다 잃어버린 절망적인 슬픔이나, 또 다 같이 외롭고 버림받아 마지막 생을 의탁한 처지에서도 남의 돈을 도둑질하는 노인이 있다는 것은 인간사의 슬픈 내면을 보는 것 같아 싸한 아픔이 가슴을 짓눌렀다.

노인들 중에도 유독 박 할머니한테 정이 더 간다는 수녀의 말이 어찌나 고마운지 고맙다는 인사를 말로는 다 표현할 수가 없었다. 허리가 아파서 누워야겠다는 할머니를 이별하고 뒤돌아서서 가까운 시일 내에 꼭 다시 찾아오리라는 다짐을 했다.

박 할머니는 고향의 이웃에 살던 분이었다. 일찍 과부가 되어 자식이라곤 하나도 없었지만 온 동네 사람들이 모두 아들이고 딸이고 형님이고 동생이었으며 인정이 많고 남에게 주기를 좋아하는 성미였다. 받는 것보다 베푸는 것을 좋아했고 그런 성격이다 보니 돈이 좀 모여도 붙어 날 리가 없었다. 수양아들이 되겠다며 수양딸이 되겠다며 뜯어가고 빌려가서는 떼어먹는 일도 많았다. 그러나 신도안이 철거되면서 경상도 상주로 내려갔다는 소식만 들었고 이미 고인이 된 지 오래였을 것으로 믿고 있었는데, 얼마 전에 아는 사람을 만나 아직 생존해 있으며 꽃동네 양로원으로 가셨다는 소식을 전해 들었고 소식을 들은 즉시로 한 번 찾아뵙는다는 게 어찌 어찌하다 이제야 동생네 가족과 함께 별 준비도 없이 찾아 나섰던 것이다.

하느님의 힘은 참으로 위대했다. 꽃동네는 천주교 재단에서 이룩해 놓은 큰사랑의 생생한 실천 현장이라고 해야 마땅할 것이다. 분명 하느님의 뜻이 지상에서 꽃동네로 피어나고 있는 것이리라. 자식에게 버림받은 노인, 정신박약자, 뇌성마비, 지체부자유자 온갖 불쌍한 사람들을 따뜻이 거두어 품어 안은 곳이 바로 꽃동네였다. 꽃동네에서 일하는 분들은 모두 다 하느님의 거룩한 뜻을 몸소 실행해 가는 천사 같은 분들이었다. 멀리 중국이나 일본에서도 관광객들이 단체로 찾아와 사랑의 정신을 배워간다고 한다. 그 날도 관광버스가 눈에 띄었다.

수녀의 말대로 소망의 집 이곳저곳을 둘러보고 싶었지만 나는 그들을 만나 볼 자격이 없음을 느꼈다. 사지만 멀쩡해 가지고 그들에게 아무런 도움도 주지 못하는 내가 무슨 염치로 그들을 대할 수 있겠는가? 휠체어를 타고 있는 몇몇 이들의 곁을 지나면서 참으로 사대육신만 멀쩡한 것도 하늘의 큰 축복을 받은 것이라는 것을 가슴 절절하게 깨달았고, 그 축복에 대하여 감사할 줄도 모르고 살아온 것에 대해 죄책감이 느껴졌다.

발

시골 버스 안에서였다. 보행자가 갑자기 차 앞으로 뛰어들자 차는 급브레이크를 밟게 되었고, 그 바람에 서있던 사람들이 중심을 잃고 흔들리면서 그만 청년 한 사람이 할아버지의 발을 사정없이 밟고 말았다. 힘 좋은 구두 발로 고무신을 신은 노인네의 발등을 힘껏 밟았으니, 할아버지는 순식간에 발가락이 깨어지는 듯 했을 것이다. 노인은 연신 아이구아이구 하면서 두 손으로 발을 감싸 안고 신음하고 있었다. 상황이 이렇게 되자 청년은 어쩔 줄을 모르며, "죄송합니다. 얼마나 아프세요. 할아버지..." 하며 몸 둘 바를 몰라 했다. 그러자 할아버지는 점잖은 체통을 되찾으며 "아닐세, 내가 그만 발 관리를 잘못해서 그렇지. 발을 이렇게 들여놓고 있었으면 밟았겠는가?"

이 말을 듣는 순간 차안의 사람들은 모두 빙그레 웃고 있었다. 내게도 할아버지의 그 말이 참 멋지게 와 닿았다. 남의 발을 밟거나 밟히는 일은 버스 안에서 흔히 있는 일이다. 그러나 개중에는 지나치게 화를 내는 이가 있는가 하면 또 남의 발을 밟고도 전혀 미안해하는 기색을 보이지 않는 이도 있다. 발을 밟는 쪽이나 밟히는 쪽이나 따지고 보면 다 부주의한 탓일 것이다. 할아버지의 말씀처럼 발 관리를 잘 못했기 때문이다.

언젠가 요가 강의를 들은 적이 있었는데 발에는 건강을 좌우하는 스위치가 226개나 있다고 했다. 뇌, 눈, 위장, 심장, 췌장, 귀, 편도선, 요관, 온 몸 전체로 통하는 혈이 다 발바닥에 있다고 한다. 그러므로 발 운동을 많이 하는 것은 건강 스위치를 항상 켜놓는 것이라고도 했다. 그런데 현대인의 발은 그 건강 스위치를 제대로 작동시키지 못하고 있다는 것이다. 특히 요즘은 너도 나도 차를 운전하다 보니 발의 운동량은 줄어들기 마련이다.

발 관리를 잘해야 한다는 그 할아버지의 말씀이 내 마음에 여운처럼 남아있다.

쌀벌레와 똥 기계

여름을 지나면서 쌀 독 주위에 작은 나방이 이리저리 날아 다녔다. 날개에 잿빛 가루가 묻어 있는 그 불결한 나방들이 쌀독을 제 마음대로 드나들고 있다. 쌀이 군데군데 뭉쳐있는 곳은 여지없이 벌레가 있었다. 그 놈들은 나방이 되었다가 벌레가 되었다가 변법을 써가면서 제 종족의 씨를 한껏 불려 나간다. 쌀독을 제 세상으로 제 삶의 터전으로 자손만대에 길이 남기려 하는가 보다.

저녁밥을 지으려고 쌀을 떠냈다가 이리저리 뒤적거리며 벌레를 잡아냈다. 그 중에서 한 놈을 잡아 뭉쳐있는 쌀 부스러기를 털어내고는 손바닥에 놓고 들여다보았다. 퉁퉁하고 허연 벌레가 굼뜨게 꿈틀거린다.

어린 시절 고향집 동네에는 농담을 잘하시는 친구 아버지가 계셨다. 그 집엔 아이들이 자주 모여서 놀았다. 친구 아버지는

"오늘은 똥 기계들이 많이도 왔네. 어디보자, 한 대, 두 대... 여섯 대 구먼."

친구 아버지는 아이들이 여섯 명이면 여섯 대, 아홉 명이면 아홉 대라고 했다.

"우리가 왜 똥 기계예요?"
"그러면 너는 쌀벌레로 해라."

반박을 하는 아이에게는 한 수 더 떠서 쌀벌레로 하란다.
사람의 소화기관은 그 어느 기계보다 더 훌륭하다. 하나하나 기관들이 제 맡은 소임을 어떻게 그렇게 자동적으로 척척 해 내는지 신기하기만 하다. 그런데 불만스러운 것이 있다. 그 좋은 음식, 아름다운 과일, 신선한 야채, 향기 있고 맛있는 것을 먹고는 왜 더럽고 구린내 나고 구역질나는 변이 되어서 나오는 것일까? 좋은 것을 먹은 만큼 내 놓는 것도 좋은 것이라야 마땅하지 않을까? 이왕이면 변이 좀 깨끗하고 향기 있게 발효되어서 나오는 방법은 없을까? 계란처럼 동글동글하게 껍데기를 씌워서 나온다면 개나 돼지의 먹이로 주기도 좋고, 또 손으로 바구니에 주워 담아서 밭에 내어 거름을 하기도 좋을 텐데 말이다.

나는 무엇인가? 그저 한 대의 똥 기계에 불과한가? 아니면 쌀 벌레인가? 날마다 쌀을 먹고 혐오스러운 것을 내 놓으면서 이룬 것은 무엇이 있는가? 그날 밤 나는 살아야 쓸모없는 내 인생에 대해서 몹시 기분이 상해 잠을 이룰 수가 없었다. 눈은 따가워 왔고 잠은 들지 않고 그래서 소화기관이 담긴 배를 이리 저리 뒤척거리며 밤을 새웠다.

좁쌀 한 말

불자로서의 삶을 살다간 신대사라는 분이 계셨다. 젊어서 비구승이 되었는데 앉아서 불도만 닦는 스님이 아니고 부지런히 활동하는 스님이었다. 목수 일을 배우고, 침술도 익히고, 도장 새기는 일도 하여 조그만 자기 사찰을 이룩했다. 그 분은 성격이 온화하고 자상하여 아이나 어른이나 걸인이나 신분을 막론하고 소중히 대하였으며, 입을 열면 진리였고, 사랑이 쏟아져 주위에서는 그 분을 따르고 존중하는 이가 많았다.

또 부지런하기가 바람 같아 잠시도 무료하게 지내는 시간이 없었다. 승복은 누더기였으며 평생을 제대로 된 밥상을 받지 않았다 한다. 남이 먹기 싫어하는 음식, 버려질 음식만을 골라 먹고, 그런 것이 없을 땐 누룽지로 끼니를 때웠으며 설거지통에서라도 밥알이 보이면 씻어서 먹었다고 한다. 불공 공양을 하고 좋은 음식이 흐드러졌어도 남에게 먹이기 위하여 이웃에게 나누어주고, 과일이 생기면 아이들에게 주며 자신은 맛있는 음식은 입에 넣지 않았다. 그 분이 열반에 들었을 때 유난히 맑은 사리가 나왔다고 한다.

옆집에 세 들어 사는 젊은 부부의 쓰레기 봉지엔 허연 밥이 자주 버려져 있다. 양식이 풍족한 좋은 세상이 되긴 했지만 이런 모습을 보면 낯이 찌푸려지지 않을 수 없다. 쌀 한 알이 되기까지의 경로나 농부의 수고를 헤아리지 않더라도 사람이 먹고 살아가는 식량을 중요시할 줄 모른다는 점에서 나무랄 일이다.

요즘에야 굶는다는 말을 듣기가 힘들지만 예전에는 장마가 지거나 가뭄이 극심하면 굶기를 밥 먹듯 했고, 쌀 서 되를 받고 개똥 논 한 마지기를 팔아먹었다는 이야기도 전해 들었다. 흉년이 연거푸 들었을 때는 연명을 하기 위해서 어쩔 수 없었을 것이다. 생일날 잘 먹으려고 이레를 굶고 나니까 생일날 아침에 죽더라는 속담이 있듯이. 내가 어릴 적에도 굶어서 얼굴에 부황이 났다는 사람도 있었으며, 이웃집에서는 쌀겨로 개떡을 만들어 먹는데 맛있게 보여서 하나를 얻었더니 돌이 씹히고 먹어 내기가 힘들었던 기억이 생생하다.

어려서 어머니한테 들은 이야기다. 어떤 나그네가 길을 가다 날이 저물어 한 인가가 있어 찾아 들었는데 그만 밤사이 눈이 쌓여서 나그네는 오도 가도 못하게 되었다. 깊은 산 속이라 눈이 한번 쌓이면 해동이 되어야 길이 트이기에 나그네는 어쩔 수 없이 그 집에서 겨울을 보내야 했다.

주인집은 노모까지 다섯 식구였는데 그 집에 있는 양식이라고는 좁쌀 한 말 뿐인데다가 나그네까지 입 하나를 더 붙였으니 참으로 난감한 일이었다. 안주인은 좁쌀 한 말로 해동할 때까지 살아 낼 계획을 짰다. 하루 분의 양을 나누어 놓고 나물죽을 끓여서 하루에 한 끼만 엄격히 6인분으로 분배해 주고는 더 먹고자 해도 인정사정이 없었다. 눈 속에서 여섯 사람은 그 지혜로운 주인집 마나님 때문에 생명을 구하게 되었다는 것이다.

흔히 '살기 위해 먹느냐, 먹기 위해 사느냐?' 는 물음이 있다. 살기 위해 먹는다고 대답한다면 반대 질문이 따른다. 그렇다면 살아갈 만큼만 먹으면 되지 이것저것 입맛을 찾을 필요가 어디 있느냐고? 하루에 한 두 끼만 채소와 먹어도 살아가는 데는 지장이 없다. 과일이며 고기며 차를 마실 필요가 없지 않은가? 또 먹기 위해서 산다는 대답을 들으면 찬바람을 맞는 것처럼 쓸쓸하고 허무해진다. 결론은 이렇게 내릴 수밖에 없을 것 같다. 잘 살기 위해서는 잘 먹고, 잘 먹기 위해서는 잘 살아야 한다고.

창문을 여니 찬바람이 몰려와 얼굴을 때린다. 밤하늘에선 별이 하나 둘 튀어나오더니 저마다 생명의 빛을 반짝이며 지상을 내려다보고 있다. 너는 왜 사느냐고?

재봉춘

 시내버스를 타고 가던 중이었다. 버스가 신호 대기로 잠깐 서는 사이 운전기사가 백미러를 들여다보며 흰 머리카락 두어 개를 뽑아내고 있었다. 그 모습을 보고 저절로 피식 웃음이 나왔다. 그 아저씨의 머리는 3분의 1정도가 흰머리 인 것 같은데 몇 개쯤 뽑아낸다고 검어 보일 리가 없다. 아마도 흰 머리카락을 다 뽑다간 머리숱이 숭굴숭굴하여 잡초를 뽑아 낸 밭고랑 같을 것이다.

 흰머리를 싫어하고 늙지 않으려는 마음은 누구나 다 같을 것이다. 그래서 허연 머리털에 검은 물을 들이기도 하고, 늙을수록 고운 빛깔의 옷을 입어 보려고 하고, 그 증세가 심하면 주름살을 펴는 성형수술까지 하는 이가 늘어가고 있지만, 그 어떤 몸부림으로도 늙어 가는 과정을 막을 수는 없을 것이다. 다른 것 다 속인다 해도 나이를 어찌 속일 수 있으랴.

그러나 몸이 늙어 가면 갈수록 반대로 마음은 젊어진다고 한다. 마음도 몸 따라 같이 늙지 않으려는 거부 반응인 듯싶다. 몸이 늙었다고 마음까지 늙을 소냐.

우리 말 중에 영감에게는 아이가 들었다고 하고 아이에게는 영감이 들었다고 하는 말이 있다. 영감은 늙을수록 아이 같아진다는 얘기고, 또 아이는 어쩌다가 소견이 멀쩡해 영감이 들었다는 표현을 쓴다. 어쩌면 아이와 영감은 하나일지도 모른다. 다만 나이를 먹은 것이 아이와 영감이라는 차이를 만들어 냈을 뿐이다. 의식의 밑바닥에 깔려 있는 공통된 하나 그것이 아이에게도 영감에게도 존재한다는 것이다.

그러나 영감이 점점 아이가 되어 가다 그 도가 넘치면 망령이 들어 정신이 오락가락 하는 수도 있으니 큰일이다. 연륜을 더할수록 어른이라는 무게를 잡는다면 영감은 진짜 어른이 될 것이며, 그리하여 어른다운 어른이 될 것이다. 아무리 돌고 돈다고 해도 죽었다가 다시 태어나 아이가 되지 않는 한 늙은 몸으로 아이로 돌아가는 것은 불가능한 일이다.

구십춘광九十春光이니, 재봉춘再逢春이니 하는 말이 있다. 구십춘광은 나이가 구십이나 되었는데도 봄기운의 광채가 난다는 말이고, 재봉춘이란 다시 봄을 맞는 다는 뜻이다.

들은 이야기다. 어떤 마을에 대가족이 살고 있었다. 90이 넘은 할아버지와 70이 넘은 아버지, 50이 넘은 아들 30이 넘은 손자에 증손자까지 줄줄이 한 집에 살고 있었는데 위에서부터 어찌나 효도를 하던지 그 집에는 큰 소리가 나지 않으며 가정이 화평하더라는 것이다. 손자며느리가 밥을 지을 때는 90이 넘은 증조할아버지가 진밥을 잡수시니까 밥을 할 때 쌀을 한쪽을 낮게 하여 늘 할아버지에겐 진밥을 올리고, 70이 넘은 아들은 장날마다 노인이 좋아하는 반찬이나 과일을 사다 대령하고, 그런데 90이 넘은 노인이 재봉춘이 돌아와 며느리도 못 꿰는 바늘귀를 꿰고 치아가 새로 돋아나고 머리가 검어지고 하더니 얼마 가지 않아 죽더라고 했다. 죽음이 가까워 오니 몸이 있는 힘을 다해 기능을 되살려 보지만 역시 역부족이라 오래 지탱을 하지 못하는가 보다. 그러니 재봉춘도 그리 좋은 현상은 아닌 것 같다.

아이가 커서 어른이 되고 나이를 먹을수록 늙어가는 과정, 그것은 자연의 순리이니 늙고 죽는 것은 순리대로 따를 수밖에. 고려말기 시인 우탁의 탄로가歎老歌가 절묘하다.

'오는 백발 지는 주름/ 한 손에 가시들고 한 손에 막대 들고/ 늙는 길 가시로 막고 오는 백발 막대로 치렸더니 / 백발이 제 먼저 알고 지름길로 오더라.'

은전 한 닢

옛날 어느 부자가 병이 들어 죽게 되었을 때였다. 부자는 아직 어린 아들에게 많은 재산을 물려주려니 걱정이 되었다. 그래서 그는 아들을 불러 놓고 "오늘은 네가 네 힘으로 은전 한 닢을 벌어 오너라."라고 하였다. 부잣집 도령이라 종들의 시중이나 받으며 호의호식으로 자라다가 갑자기 어디 가서 논을 벌어 오겠는가? 그의 어머니는 은전을 아들의 주머니에 넣어 주면서 하루 종일 놀다가 아버지께 드리라고 가르쳐 주었다.

아들은 어머니가 가르쳐 주는 대로 하루 종일 나가 놀다가 저녁때 돌아와 아버지 앞에 은전을 내어놓았다. 그러자 아버지는 아무 말도 하지 않고 화로 불에다 은전을 던져 버리고는 다시 벌어 오라고 명령을 하였다. 이때 어머니는 또 아들에게 아버지께서 우리 집 돈인 것을 아시는 모양이니 외가에 가서 얻어다 드려 보라고 시켰다.

아들은 또 외가에 가서 은전을 얻어다 아버지 앞에 내어놓았다. 이번에도 아버지는 말없이 은전을 집어 화로에 던져 녹여 버리고는 다시 벌어 오라고 무섭게 호령했다. 하는 수 없이 아들은 스스로 돈벌이를 찾아 나섰다. 일자리를 찾아 며칠을 헤매던 중, 화전火田을 일구는 곳을 찾아가 돌을 날라다 주고는 손발에 피멍이 들어 가지고 겨우 은전 한 닢을 벌어다 아버지 앞에 내어놓았다. 아버지가 또 말없이 은전을 화로에 던져 버리자 깜짝 놀란 아들은 불 속에 덥석 손을 넣어 은전을 꺼내면서 "아버지 이 돈이 어떤 돈인데요." 하더라는 것이다. 이 광경을 보고 난 아버지는 그제야 안심을 하고 눈을 감을 수 있었다는 이야기다.

누구나 스스로 돈을 벌어 보지 않고는 돈의 소중함을 모르는 법이다. 그러므로 부모에게 많은 재산을 받고도 쉽게 날려 버리는 사람이 많다. 어떤 사람은 재산이 많은 부잣집에서 태어나 그야말로 귀공자처럼 자랐다. 그는 부모가 돌아가시자 그 많은 전답의 소유권을 물려받게 되었는데 그가 하는 일이라곤 돈을 쓰고 다니는 것 밖에 없었다. 그는 온갖 거드름을 피우며 쓰고 싶은 대로 돈을 물 쓰듯 써 대었다. 논밭이 남아 날 리 없었다. 뒤늦게 정신을 차리고 남아 있는 전답을 정리해서는 장사를 해 보겠다고 시작했으나 돈 쓰던 버릇이 남아있고 경험이 없던 탓도 있어 마지막까지 다 날리고 알거지가 되었다. 그는 타락한 술 페인이 되어 어디 공술 한 잔 얻어먹을 곳이 없나 하고 찾아 다니다가 사람들에게 미움을 받는 신세가 되어 이곳저곳을 떠 돌아다니다가 거리에서 죽고 말았다.

요즘 호화, 사치, 과소비 현상이 나라 경제를 망친다고 뜻있는 사람들은 이구동성으로 말하고 있다. 한쪽에서는 밤낮을 가리지 않고 애를 써 수출을 하느라 고생을 하는데 한쪽에서는 골프여행 이며, 고가 사치품을 들여와 과소비를 부추긴다. 이런 사람들이 자식에게 보여주는 것은 무엇일까? 자식에게 돈 쓰는 법을 제대 로 가르쳐 주는 것은 자식의 앞날을 보장해 주는 것이나 다름없 는 것이다. 부모들이 과소비를 해댄다면 그 속에서 과소비를 몸 에 익히고 자라난 자녀들은 다음에 어떤 모습으로 살아갈지, 한 번쯤 생각해 볼 일이다.

제사

옛날이야기다. 어떤 아저씨가 산길을 가다가 밤이 되었다. 저물기 전에 산을 넘을 줄 알았는데 산이 쉽게 어두워지기 때문에 그만 산 속에서 길을 찾을 수가 없게 되었다. 그 아저씨는 길을 찾으려 산 속을 이리저리 헤매느라 가시에 찔리고 넘어지고 발을 헛디뎌 언덕으로 데굴데굴 굴러 떨어져서 다리에 멍이 들고 얼굴에서는 피가 나고 무척 고생을 하였다. 어두운 산 속에서 도저히 길을 찾는 게 불가능해 졌다.

아저씨는 몇 시간을 그렇게 산 속에서 헤매다가 어슴푸레 한 달빛 아래 묘지 한 쌍이 비치는 것이 보였다. 아저씨는 하는 수 없이 묘지로 올라가 쌍 묘지 한가운데에 자리를 잡고 눕게 되었다. 묘지가운데 누우니 이제까지 그토록 불안하던 마음이 가라앉고 조금은 편안한 느낌마저 들게 되었다. 아저씨는 누워 팔베개를 하고 하늘을 올려다보다가 별을 세기 시작했다. "별 하나, 나 하 나, 별 둘, 나 둘, 별 셋, 나 셋"

아저씨는 어느 샌지 잠이 들었다. 자정이 가까워 올쯤이었다. 왼 쪽 묘지에서 삐거덕 하며 문 여는 소리가 나더니 할머니 혼령이 지팡이를 짚고 나와서는 "영감! 제삿밥 먹으려 갑시다. 오늘이 내 제삿날입니다." 했다. 그러자 또 오른 쪽 묘지에서 삐거덕 하며 문을 열고 할아버지 혼령이 나와서는 "나는 오늘 손님이 와서 못 가니 당신이나 많이 잡숫고 오시오. 그리고 애들이 모두 잘 있는지 두루두루 살펴보고 오시오"하고 말하는 것이다.

할머니 혼령은 꼬부랑꼬부랑 지팡이를 짚고서는 혼자 제삿밥을 먹으러 갔다. 그리고 두어 시간이 지날 즘에 할머니 혼령이 슬픈 얼굴로 돌아 왔다. 할머니 혼령을 보자 할아버지 혼령이 물었다. "여보! 제삿밥은 잘 잡수셨수? 애들은 모두 무사합디까? 하는 일들은 잘 되고요?" 하며 자식들의 안부를 물었다. "아이고 말도 마시오. 밥에는 개구리가 들어 있고 국에는 뱀이 들어 있었소. 나물도 먹을 수가 없었고 과일은 썩었고 도대체 먹을 것이 없질 않겠소." 혼령들은 쌀이 껍질이 까지지 않은 것을 개구리라 하고 머리카락이 들어간 것을 뱀이라고 한다나.

그 말을 듣자 할아버지 혼령도 화가 나서 "고얀 놈들이구려, 저희들 키울 때 어찌 하였는데 그새 부모를 잊었단 말인가?" 한

탄하며 말했다. "그래서 그만 내가 뜨거운 국을 엎어 버렸더니 작은 손자가 발을 데고 말았소." "그렇다고 손자를 데게 하다니 할멈이 그건 잘 못했소." "소나무 껍질을 태워 들기름에 개어서 발라 주면 금방 물집이 잡히고 나을 텐데, 그 미련한 것들이 그것을 알기나 하는가 모르겠소."

그날 밤 할머니 혼령과 할아버지 혼령은 밤이 새도록 두런두런 얘기를 나누는 것이었다. 아저씨는 얘기소리를 듣다가 잠을 잤는데 어느새 날이 밝았다. 아저씨는 편히 밤을 지나게 해주어 감사하다는 뜻으로 묘지에다 절을 두 번 반을 올리고는 산을 내려 왔다. 그리고는 마을에 가서 어젯밤에 제사를 지낸 집을 수소문해서 찾았다. 아저씨는 밤사이 묘지에서 들은 말을 얘기해 주고는 소나무 껍질을 태워 들기름에 개어서 바르라는 할머니의 약 처방전도 가르쳐 주었다.

그 집사람들은 아저씨에게 부모님의 말씀을 전해 주어 매우 고맙다는 인사를 거듭 하고는 다시 정성을 드려 제사를 잘 모시겠다고 했다.

제사는 정성껏 지내야 한다는 뜻을 담은 옛날이야기인 것 같다.

말

10년 동안 잘 이끌어 온 친목계가 파탄이 났다. 두 패로 갈리어 말이 말을 보태고 여우꼬리를 달아서 심각한 지경에 이르렀다. 이쪽에서 전화가 와서 어쩌고저쩌고 하여 '응응' 하고 대답을 해 줬는데 또 저쪽에서 전화가 와서 시비를 걸어댄다. 중간에서 아주 곤란한 지경에 이르렀다. 화해를 시켜보러 해 봤지만 양쪽이 다 안하무인이다.

그렇게 친하던 사이가 남은 계돈을 나누는 자리까지 서로 고양이 발톱을 세우고, 아슬아슬한 긴장이 고조되었다. 남남끼리는 입에 든 밥이라도 내 줄 것처럼 지내다가도 수가 틀어지면 할 말 못할 말 가리지를 않으니 순식간에 원수지간이 되어버린다. 결자해지結者解之라, 문제를 일으킨 사람이 매듭을 풀어야 하지만, 꼴란 자존심만 내 새우느라 잘못을 뉘우치고 사과를 하는 아량이 없이 요지부동석이다.

옛날이야기가 생각났다. 어느 말 많은 아주머니가 살고 있었다. 그 아주머니는 온 동네 통신망이다. 말만 들어갔다 하면 이집 저집으로 쏘다니면서 신바람이 나서 떠벌리고 다녔다. 동네에서는 그 아주머니 때문에 싸움이 자주 일어났다. 남의 혼사가 깨지고 부부싸움이 일어나고 이웃 간에도 척이지곤 하였다. 도무지 해야 할 말인지 하지 말아야 할 말인지를 분별 못할 뿐만 아니라 잘못 듣고는 전혀 엉뚱한 말을 퍼트리는 일이 다반사다.

동네 사람들은 견디다 못해 촌장한테 찾아가서 말 많은 아주머니 때문에 피해를 본 사연을 실토하면서 버릇을 고쳐줄 것을 간청했다. 촌장은 깊이 생각하다가 말 많은 아주머니를 불렀다. 그리고 자루에 가득 들은 것을 내어 주며 집으로 가는 길에 골고루 뿌리고 갔다가 내일 여기로 올 때에 모조리 주어 담아 가지고 오면 상을 주겠다고 했다.

말 많은 아주머니는 상을 준다는 말에 신이 나서 자루에 든 것을 뿌리며 집으로 갔다. 그리고는 사람들한테 촌장이 자기에게 상을 주기로 했다고 떠들었다. 그러나 이튿날 다시 주워 담아 가지고 가려하니 어디로 다 날아가 버리고 겨우 몇 개밖에 주어 담지를 못했다. 촌장에게 상을 받기는커녕 혼이 나게 생겼다. 아주머니는 근심이 가득한 얼굴로 힘없이 촌장 앞에 가 무릎을 꿇었다.

"촌장님! 용서해 주셔요. 그게 다 어디로 가 버리고 겨우 몇 개밖에 주어 오지를 못했습니다."

촌장이 뿌리라고 준 것은 새의 깃털이었다. 깃털은 가벼워 뿌리자 곧 바람에 날아가 버렸던 것이다. 촌장은 조용한 말로 타일렀다.

"아주머니가 하고 다닌 말도 새의 깃털이나 다를 바가 없습니다. 한 번 뱉은 말은 주어 담을 수가 없습니다. 그러니 말하기 전에 잘 생각해 보셔야 하지요."

되는 소리 안 되는 소리 실성 없이 지껄이는 사람을 가납사니라 한다. 또 남의 흉을 보지 않았어도 선의로 한 말이 아와 어가 다르니 말이 둔갑을 해서 들어갈 수도 있다. 그러면 듣는 사람은 확인을 하지도 않고 혼자서만 마음에 담아두고 오해를 하는 것이다.

도로변에 살다보니 밤중에 길에서 싸우는 일이 허다하다. 험악한 욕설과 독설이 난무한다. 연인이나 부부간에도 폭력을 쓰고 피를 흘리는 일까지 있다. 한 번은 젊은 여자가 옷을 홀딱 벗고 팔짝팔짝 뛰었다. 창문마다 사람들이 두어 명씩 매달려 구경을 했다. 여자는 하얗고 통통해서 꽤 볼거리가 있었다. 남자는 창피한지 길 건너편에서 욕만 해대었다. 누가 경찰에 신고를 했는지, 경찰차가 오자 여자는 쪼그리고 앉았다. 경찰이 흩어져 있는 팬티, 브래지어, 원피스에다 슬리퍼까지 주어가지고 여자를 끌어다가 차에 태우면서 구경꺼리는 막을 내렸다.

아무리 속에서 불이 나도 그렇지, 여자가 어떻게 거리에서 옷을 벗을 수 있을까? 의처증 때문일까? 호스티스 출신일까? 아니면 이혼하자는 말 때문일까? 그런 의문이 들었다.

말은 정말 조심하지 않으면 안 된다. 어떤 사람은 말 때문에 싸움을 하다가 혈압이 올라 죽었다. 그렇게 되면 간접적으로 살인을 한 것이나 마찬가지다.

바둑

바둑에는 성동격서聲東擊西와 공피고아功彼顧我라는 격언이 있다. 성동격서란 동쪽에서 소리를 내고 서쪽을 치는 것으로 한쪽에서 공격을 하고 있다가 다른 쪽으로 방향을 돌린다. 그러면 하수들은 전투가 일단락 된 줄을 안다. 그러나 고수들은 차후의 변화도를 읽어 놓고 손을 돌렸다가 기회를 봐서 다시 공격을 하는 수법이다. 이세돌 9단이 이 수법을 잘 쓴다. '이세돌' 9단의 비상한 머리 회전을 따라갈 사람이 없다.

이창호 9단은 공피고아功彼顧我를 잘 활용한다. 적을 공격하기 전에 나를 돌아보는 안전무비의 수법이다. 중국에 가면 이창호 9단의 인기가 대단하다고 한다. 중국 프로기사들은 이창호를 한 번 이겨보려고 이창호 바둑을 연구 분석하는데 까지 이르렀다.

인터넷 바둑에 들어가기만 하면 시간이 쏜살같이 가 버린다. 바둑을 두면서 자연스럽게 채팅까지 이루어진다. 어떤 분은 한 수 가르쳐 주기도 하고, 어떤 분은 자기 전화번호를 적어놓고 꼭 전화를 하라고 보채기도 하는가 하면, 농담을 잘 하는 사람, 음담패설을 하는 사람, 별의 별 사람이 다 있다. 어떤 자는 나만 들어갔다 하면 어떻게 알고 찾아오는지 귀신같이 찾아내어서 결국 심한 소리를 적고 나서야 떨어져 나갔다.

눈이 나빠지고 시간이 많이 허비되어 그만 하려 하다가도 마약성이 있는지 딱 끊지를 못하다가 PC에 지독한 바이러스가 걸리고 나서야 단절을 하게 되었다.

바둑에는 신사도가 있다. 승자는 겸손하고 패자는 일절 군소리가 없다. 승패가 끝난 다음에도 다 같이 어느 지점에서 돌이 잘 못 놓였는지를 토론하는 장면이 아름답다. 그것이 패자를 승자로 이끌어 가는 지름길이다. 축구나 야구나 모든 경기가, 아니 정치판의 선거에 까지도 바둑의 신사도를 배워야 할 것이다.

얼굴

"잘난 사람도 탤런트를 하고 못난 사람도 탤런트를 하지." 내가 아는 어떤 분의 말은 명언이었다. 드라마를 보면 각양각색의 인간사가 펼쳐진다. 주인공의 배후를 둘러싸고 있는 인물들의 역할을 알맞게 해 낼 수 있는 연기자가 필요하기 때문이다. 그렇기에 잘 생긴 사람도 있지만, 그저 덥수룩하여 마치 이웃집 아저씨 같다거나 시골 아줌마 같은 얼굴들도 있다.

탤런트들은 모두들 다 각기 다른 모습과 성격 또 개성을 가지고 맡은 역할을 열심히 해 내고 있다. 그러니 중요한 것은 얼굴이 얼마나 미인이냐 하는 것보다는 얼마나 인간미가 있느냐? 또 얼마나 맡은 일에 열심히 노력하느냐에 있는 것이다. 언젠가 '피아노'라는 드라마가 대단한 인기를 끈 적이 있다. 주인공인 '억간이' 역할을 하는 배우는 그렇게 미남도 아니거니와 세련되게 보이지도 않았다. 하지만 그는 역할을 아주 잘 해내었기로 시청자들에게 사랑을 받았으며 그로 인해 연기상도 받은 것으로 알고 있다. 그 한 가지 예만 보더라도 연기자는 얼굴이 얼마나 잘 생겼느냐가 아니라 얼마나 노력을 해서 적중한 연기를 해내느냐가 성공을 가린다고 볼 수 있지 않을까?

얼굴 이야기를 또 한다면 가수 설운도를 닮은 사람, 나훈아를 닮은 사람, 또 누구를 닮은 사람이 그들의 노래를 흉내 내며 밤무대를 뛰는 이도 있다. 그들이 엇비슷하긴 해도 진짜와 가짜를 구별하지 못할 만큼 닮지 않았기에 다행이지 정말 똑 같이 생겼다면 설운도와 나훈아가 피해를 보는 일도 종종 일어났을 것이다.

사람의 얼굴은 참으로 신비스럽다. 누구나 있을 것 제자리에 다 있으면서 각기 다 조금씩 다른 개성을 형성하고 있다. 같은 부모에게서 태어난 형제들도 조금씩 다르니 삼신할머니의 재주는 가히 감탄할만하다. 만약 눈 코 입이 똑같아 모두 다 판에 박은 듯 했다면 어떻게 누구누구를 구별할 수 있을까? 병아리를 구분하지 못하는 것처럼.

사람은 누구나 남녀노소를 가릴 것 없이 제 얼굴을 어떻게 좀 잘 보이게 해보려 한다. 그래서 용감한 이들은 성형수술을 한다. 개중에는 눈은 누구처럼 해 달라, 코는 누구처럼 해달라는 주문을 하기도 한다는 것이다. 이런 추세로 점점 더 진전이 되면 탤런트 배용준처럼, 차인표처럼, 최지우처럼 또 누구누구처럼 해달라는 주문이 쇄도한다면, 누구누구 류가 형성될 법도 하다. 매우 바람직하지 못한, 정말 있어서는 안 될 일이다.

세상은 못난 사람이 있어야 잘난 사람이 있게 되고, 못난 사람 잘난 사람 그저 그런 사람들이 한데 어우러져 인간사를 형성해 가고 있다. 실속은 외모보다는 내면이 더 중요하다는 것을 인식하지 않으면 알맹이 없는 껍데기만 가지고 살아 버릴 수도 있다. 그러니 제 얼굴 생긴 것을 가지고 열등의식을 가질 필요가 없다. 남보다 좀 못났다고 생각되면 남보다 한층 더 분발하면 된다. 그래서 잘난 사람을 앞질러 간다면 잘난 사람보다 몇 배나 더 잘나게 되지 않겠는가?

외국에서 키가 유난히 작아 난쟁이 축에 들어가는 사람이 두 사람 있었다고 한다. 한 사람은 자신의 키 때문에 거리에 나가면 남들의 구경거리가 되어서 싫고, 누구를 만나려 해도 주저되고 해서 늘 자신은 왜 키가 작은가 하면서 키를 원망하고 슬퍼하다가 늙어 버렸다. 그는 늙고 병든 몸으로 거리의 한 모퉁이에서 구걸을 하는 신세가 되어 버렸다.

그러나 다른 한 사람은 자신이 키가 작은 것은 자신만이 가지고 있는 신체적인 특징일 뿐이라고 생각했다. 남들이 자신을 보고 구경을 하고 웃는 것은 자신으로 하여 남을 웃을 수 있게 해주니 그것도 한 가지 좋은 일이 아니냐고 행복해 했다. 그리고 자신은 남들보다 키가 작으니 마음의 키만은 그들보다 훨씬 더 커버리겠다고 다짐하며 피나는 노력을 했다. 그는 박사가 되었고, 좋은 연구실도 가질 수 있었고, 많은 제자들에게 존경받는 사람이 되었다고 한다.

하늘나라의 저금통장

　하늘나라에는 내 저금통장이 있을까? 만약 있다면 돈이 얼마나 들어 있을까? 혹여 마이너스가 되어있지는 않을까? 나는 저금한 것이 없으니 비어있을 게 분명하다.

　잠 안 오는 밤에 갑자기 이런 생각이 들었다. 왜냐하면 몇 년 전에 봉제 공장에 다닐 때 허리 꼬부라진 할머니가 불현 듯 생각났기 때문이다. 80이 다 되어가는 할머니는 와이셔츠의 깃에 심지를 넣는 일을 했다. 할머니는 오랫동안 그 일만 계속해서 손에 익었고, 젊은 사람처럼 게으름 피우지도 않으며 꾸준히 일을 하기에 공장에서 퇴출시키지 않았다. 그러나 나이가 많다는 약점으로 월급을 적게 주었다. 하루에 9시간, 10시간을 일을 하는데 월급은 한 달에 30만 원 정도 밖에 못 받았다. 정규직이 아니라 상여금도 없었다. 그런데도 할머니는 하루도 빠지지 않으셨다.

어느 날 점심시간에 할머니와 같이 여럿이 모여 앉아서 점심을 먹게 되었다. 이런저런 얘기를 나누다가 누군가가 할머니는 월급을 타서 무엇에 쓰시느냐'고 물었다. 그런데 할머니의 대답이 우리를 어리둥절하게 했다. '천국의 통장에다가 저금을 한다'는 것이다. 월급을 봉투째 교회에 바친다고 했다. 그럼 용돈은 어떻게 쓰느냐고 했더니, 용돈은 며느리한테 달래서 쓴다고 했다. 옷이며, 목욕이며, 약이며 모두 며느리에게 달래서 쓴단다.

"교회에 바친다고 천국에 있는 통장으로 돈이 들어간답니까? 할머니가 속고 있는 거예요. 할머니 십일조만 바치고 할머니가 모아 두세요. 할머니 돈은 천국의 통장에 몽땅 저금을 하면서 며느리에게 타서 쓰는 것은 너무 욕심이 많은 것 아닙니까?"

모두들 한마디씩 했다. 저렇게 꽉 막히게 어리석은 늙은이를 모시고 사는 며느리는 얼마나 속이 썩겠느냐고 돌아서서 욕을 하는 이도 있었다. 할머니의 신념은 너무나 확고해서 그 누구도 돌이킬 재간이 없었다. 종교도 현명하게 믿어야지 잘못 믿으면 애꿎은 인생살이만 희생시킨다는 것을 느끼게 되어 영 석연찮은 마음이었다.

옛날 초등학교 도덕교과서에 이런 이야기가 있었음을 기억한
다. 아주 지독하게 살다 죽은 아주머니가 지옥으로 떨어졌다.
그는 지옥에서 무척 고통을 당하고 있었다. 천사가 그 아주머니
를 구할 길이 없을까하고 살았을 때의 행적을 조사해 나가다가
다행히도 아주머니가 길가는 걸인에게 파 한 뿌리를 준 것이 나
왔다. 천사는 지옥으로 파 한 대궁을 길게 늘어뜨려 아주머니에
게 매달리게 했다. 그리고 조심스럽게 끌어 올리고 있던 중이었
다. 아주머니가 파에 매달려 올라오려 할 때 지옥에 있는 사람
들이 너도 나도 아주머니의 발에 매달렸다. 약한 파 한 대궁에
사람들이 많이 매달리면 파가 끊어져 버릴까봐 아주머니는 자
기만 구원을 받으려고 발에 힘을 주어 매달린 사람들을 떨어뜨
리려고 휘저었다. 그 순간 그만 파가 뚝 끊어져 도로 지옥으로
떨어지게 되었다는 이야기다. 이 이야기는 불교의 목련존자 이
야기와 똑 같다.

　아주머니가 걸인에게 준 파 한 뿌리는 천국의 저금통장에 들
어간 것이다. 천국의 저금통장에는 이런 것만 들어 갈 것이다.
추운 겨울에 들어서자 훈훈한 이야기들이 TV에 자주 방영이
된다. 독거노인을 찾아가 집을 고쳐준다든가, 청소를 해주고 이
발을 해준다든가, 소년 소녀 가장을 보살펴 주고 죽어가는 사람
에게 수술비를 대주고, 꼭 돈이 아니더라도 몸으로 봉사를 하는

사람들이다. 자원 봉사를 하는 사람들은 봉사를 할 수 있도록 신이 도와준다고 한다. 먼저 집안을 편안하게 해주고 또 건강을 준단다. 집안도 편안하고 몸도 건강하고 천국의 통장도 불어나니 일석삼조가 아닌가? 그러나 잘 알고 있으면서도 나부터도 봉사에 나가는 일이 얼마나 어려운가? 통장을 불릴 수 있는 일은 정말 아무나 하는 일이 아니다.

내 친구는 편법을 쓰면 안 된다는 말을 자주 한다. 자기 아들이 연말에 세금공제를 받겠다고 절에 바친 기부금의 영수증을 떼어다 달라는 전화를 받고, 아들을 크게 꾸지람을 했다고 한다. 세금 몇 푼 냈다고 그걸 찾으려 하느냐? 너도 나도 다 찾아가면 나라살림은 무얼 가지고 하느냐? 다른 데는 헤프게 쓰면서 나라에 바치는 세금은 조금이라도 덜 낼까 그런 궁리만 하는 사람은 나쁜 사람이라는 것이다.

어떤 독거노인이 자기 집도 있고 돈도 많아서 자기 돈만 가져도 죽을 때 까지 먹고 남을 정도인데, 국가에서 주는 기초생활비를 타 먹기 위해서 집도 친정 동생 이름으로 돌려놓고 궁색한 단칸방에 세 들어 살면서 나라에서 주는 생활비에다가 자원봉사자들의 도움을 받고 살고 있으니 얻어먹을 팔자는 어쩔 수 없단다. 안 저도 되는 빚을 왜 지고 업보만 쌓는 줄을 모르냐는 것이다. 베풀며 사는 사람, 빚만 지고 사는 사람, 그것이 다 하늘

나라의 통장에는 이자 계산까지 아주 정확하게 기재되어 있지 않을까?

도깨비가 놓은 다리

　나의 언니는 구전문학가라고 해도 과언이 아닐 정도다. 전설이나 옛날이야기를 꾸러미에 꿴 듯이 술술 잘도 늘어놓는다. 나는 어려서 언니의 얘기를 무척이나 좋아했었다. 언니가 구수하게 엮어내는 옛날이야기는 들어도 들어도 재미있었다.

　언니는 두계 우왕산 앞에 '도깨비가 놓은 다리'에 관한 전설이 있다고 했다. 나는 이제껏 그 산을 우렁산 인줄 알았다. 마치 우렁이 속을 꺼내놓은 것처럼 산봉우리가 고불고불하게 이어졌기 때문이다. 그러나 이 산의 본 이름은 구봉산이라 하는데, 기차가 우-왕하며 지난다고 우왕산 이라고도 불린다는 것이다. 기차는 산모퉁이를 돌며 빠--앙 하고 기적을 울리는데 그 소리가 바위산에 울려 우--왕 한다는 설명이다.

　옛날 우왕산 앞의 냇물은 사람들이 제법 큰 돌을 들어다 징검다리를 놓아도 장마가 지고 나면 떠내려가 버렸고, 물이 많아지면 건널 수가 없을 뿐더러, 겨울에는 냇물을 건너려면 신발을 벗어야 하니 발이 시린 것은 물론 보통 불편한 것이 아니었다.

그런데 그 마을에 사는 어떤 아저씨가 튼튼한 다리를 놓겠다면서 고을 원님으로부터 다리 놓을 돈을 받았다. 그러나 아저씨는 놀음판에 가서 그만 다리 놓을 돈을 몽땅 잃고 말았다. 다리는 놓아야 하는데 돈은 다 잃었으니 큰 낭패가 났다. 며칠을 고민을 해도 대책이 없었다. 그만 죽어 버려야겠다고 술과 약을 사 가지고 다리를 놓으려던 냇물을 건너서 산으로 올라가 바위 위에 자리를 잡았다. 한 손엔 술을 들고 한 손엔 약봉지를 들고 앉아서 울기 시작했다. 죽으려 하니 약을 선뜻 입에 털어 넣을 수가 없어 울고 또 울었다. 어느덧 밤은 이슥해 가는데 죽지도 못하고 서럽게 통곡만 히였디. 이 때 이디서 두런두런 얘기 소리가 들려 왔다. 죽으려던 아저씨가 가만히 귀를 기우려 보니 도깨비들의 소리였다. 그는 울음 섞인 목소리로 도깨비를 불렀다.

"도깨비 선생!"
"왜 그러슈?"

그는 도깨비에게 이러저러한 사연을 말하고 다리만 놓을 수 있으면 자기가 죽지 않아도 된다며 다리를 놓아 달라고 부탁했다. 도깨비들은 그렇게 해 주겠다고 대답 하더니, 곧 이어 "어이— 머시기야—" 서로 부르는 소리가 나고 이산 저산에서 도깨비불이 번쩍번쩍하면서 뚝뚜그르 뚝뚜그르 와작짝 쾅 하면서 돌 구르는 소리가 나더란다. 그 아저씨는 하도 고마워서 얼른 두계장으로 내려가 돼지고기와 메밀묵과 술을 사 짊어지고 올라와 보니 그새 도깨비들이 다리를 다 놓았더라는 것이다.

아저씨가 술에 종구랑 바가지를 띄우고 돼지고기에 칼을 꼽아 내어놓으니 도깨비들은 모두 둘러앉아서 허 그것이 어쩌고 저쩌고, 그래 가지고 이러고저러고 이야기를 해 가며 음식을 먹는 소리가 들리더란다. 도깨비들이 돌을 굴려다 징검다리를 놓았는데 어찌나 돌이 크든지 그 뒤로는 아무리 장마가 져도 떠내려가지 않더라는 것이다. 그러나 그 돌들은 다 어디로 가고 지금은 현대식 다리가 놓여있다.

지옥에서 낙원으로

체력이 단단하고 건강한 남편은 남보다 두 세배의 술을 마셔도 끄떡없이 오토바이를 타고 집에까지 잘 왔으며 집에 와서는 끝없이 잔소리를 해댄다. 남편은 술기운을 말로 풀어내든가, 아니면 라디오나 시계, 오토바이, 뭐든지 고장 난 물건이 있을 땐 뜯어 가지고 장시간 씨름을 하면서 고치기는커녕 더 망가뜨려 놓고 실랑이를 치든가, 아이들이나 내가 잘못한 것을 발견하면 끝없이 야단을 친다.

가장 고역스러운 것은 꼬투리를 잡아서 몇 시간씩 야단을 쳐대는 일이다. 이때 참으려 하다가도 속이 뒤집혀서 어쩌고저쩌고 했다간 싸움이 벌어지고 난리법석이 난다. 그래도 언제나 자기는 당연하다고 주장한다. 자기한테는 일말의 잔소리도 허용하지 않으려고 강압적인 태도를 취하며 아주 기가 막히게 오리발을 내미는 데는 증거도 필요 없다.

그런 남편에게 잘잘못을 따지며 대들었다가 한바탕 싸움을 하고 나면 꼭 죽어 버리고 싶은 마음뿐이다. 그러나 어린것을 두고 죽을 수도 없어 울고불고 하는 날들이 이어지고 있었다. 물론 이혼을 생각해 보지 않은 게 아니다. 남편이 전혀 동의해 줄 기미가 보이지 않으니 불가능했다. 그렇다고 어린것을 두고는 한 발자국도 나갈 수 없으니 삼십육계를 칠 수도 없고, 데리고 나가려니 생활 능력이 없고, 이러지도 저러지도 못하고 전전긍긍 하다가 정말 과단성 있게 결판을 내야겠다고 마음을 단단히 먹었다.

아이들을 데리고 변두리 구석진 곳으로 달세 방을 얻어 숨어 버리려고 준비를 하고 짐을 챙기던 중이었다. 언제나 같이 술에 취하여 들어온 남편은 그 날은 잔소리도 잊어버린 체 기분 좋게 아이들과 장난을 치는 것이 아닌가. 그 모습을 보면서 문득 스치는 것이 있었다. 자식과 아비를 갈라놓아서는 안 된다는 것이다. 아이들은 남편에게도 소중하며 아빠도 엄마와 똑같이 필요하다는 사실이다. 또 한편으로는 남편을 버리고 도망가면 남편은 홧김에 술을 더 마시게 되고, 그러다 아주 주독에 걸려 버리든가 죽어 버릴 수도 있다는 것이다. 다시 챙겼던 짐을 풀며 어떤 상황이 벌어져도 참고 견디리라고 다짐을 했다.

살다 보면 미운 정도 정인지 가끔씩 남편이 불쌍하고 안 되어 보일 때가 있다. 일이 잘 안 풀려 속이 상해 있을 때나 몹시 피곤에 지쳐 있을 때다. 그러나 술을 먹고 들어오면 트집을 잡아서 사람을 볶아대는 데는 성인군자가 아니고는 속이 뒤집히고 끓어올라서 참아 내기 힘들었다.

어떻게 사태를 지혜 있게 풀어 보려고 여러 가지 방법을 동원해 봤다. 상전을 모시듯 굽실거리면서 기분 좋게 해주기도 하고, 또 아이들과 같이 팔씨름을 하자며 한쪽 팔에 두 아이들을 매달리게 하기도 하고, 발가락으로 물건 집기 등 서로 힘을 쓰며 장난을 치노라면 웃고 즐거워질 때도 있다. 그러나 아주 기분이 나빠져 있을 땐 이런 방법도 통하지 않았다. 그럴 때는 그 많은 잔소리를 들어내기 위하여 문방구에서 파는 귀 막는 것을 사다가 양쪽 귀를 틀어막기도 하고, 또 얼마든지 무슨 소리를 하건 무관심해 버리기도 했다. 열을 올려서 야단을 치든 말든 혼자 하게 내버려 두고 나는 나대로 다른 생각 다른 일만 열심히 하는 것이다.

큰 아이가 학교에 들어가면서부터 다리를 흔들고 몸을 비비 꼬는 현상이 나타나더니 작은 아이마저도 같은 증세로 몹시 당황케 했는데 그 원인이 정서 불안이라는 것이다. 그 동안 내가 남편과 싸움질을 해댈 때 아이들은 안절부절못했고 급기야는 정서 불안의 심각한 사태에까지 이르게 했던 것이다. 나는 나

개인의 자존심이나 이기적인 태도를 버리고 아이들만을 위해서 모든 것을 희생하리라 결심을 했다.

남편의 술버릇을 내 힘으로는 고칠 수 없다는 것을 깨닫게 된 것이다. 이미 그것은 그의 몸에 밴 오랜 버릇이고 그 만이 가지고 있는 특기인 것이다. 내가 아무리 고치려 해봐야 계란을 가지고 바위를 치는 것처럼 무모한 짓이다. 이왕지사 한 번 만나 자식까지 낳고 같이 살아갈 바에야 싸움을 해본들 무슨 소용이 있겠는가? 사실 부부 싸움이란 게 이긴들 무엇하고 진들 어떠하랴. 아무 소용이 없는 짓이다. 한 순간만 참으면 가정이 편안한 것을, 어른들이 참지 못하여 아이들까지 불안하게 해서는 안 될 일이다.

마음이 이쯤에까지 도달을 하니 나 자신의 잘못도 돌아보게 되었다. 술 먹은 사람과 이러쿵저러쿵 했던 일들이 어리석음과 부끄러움으로 비치는 것이다. 누구나 사람은 장점과 단점의 양면성을 지니고 있는 것이고 나 자신조차 좋은 점보다는 나쁜 점이 더 많다는 사실도 인정하게 되었다.

그래서 남편의 좋은 점만 보기로 했다. 술집을 제집처럼 드나들어도 돈을 아껴 쓴다는 점이다. 돈까지 있는 대로 써 버린다면 정말 어쩔 번했나. 술을 아무리 먹어도 이튿날은 일터에 나간다는 점이다. 게으름 피우고 일도 안 나가면 어떻게 하겠는가, 개중에는 돈 퍼 쓰고 게으르고 도박하고 마누라 내 쫓고 그런 사람도 있지 않은가? 또 아무리 싸워도 이튿날은 언제 그랬냐며 잊어버린다는 것이다. 법원에 가자고 장담을 해 놓고도 그런 적 없다며 피식 웃고는 나가 버린다.

그런 남편에게 내가 베풀 수 있는 관용은 얼마쯤일까? 위로하고 격려하고 칭찬하고 무슨 말이든지 같은 방향에서 긍정하고 동조 해주고 직선적으로 말하지 않고 돌려서 하고 추켜세우고 같은 말을 오십 번쯤 해도 그렇다고 수긍 해주고, 그러기에는 나대로의 많은 수양이 필요했다. 그러나 남편을 즐겁게 해주면 그 즐거움이 바로 나 자신에게로 돌아오기도 했다.

어느 동화에는 이런 이야기가 있다. 소를 팔려 나갔던 영감이 염소와 바꾸고 닭과 바꾸고 하다가 마침내 썩은 사과 한 자루를 메고 집으로 돌아왔는데, 그 할멈은 화를 내기는커녕 아주 잘했다고 즐거워한다. 이 이야기에서 잘못한 영감을 할멈이 야단치고 싸우고 하다가 집을 나가 버린다면 그 가정은 깨지고 두 사람은 다 같이 불행에 빠지게 될 것이다. 이미 부부는 한 배를 타고 항해하는 어부와 같아 방향을 맞추고 보조를 맞추어 가야지만 순풍에 돛단 것처럼 평탄할 수 있다는 것이다. 그렇지 못하고 각기 제 뜻만 내 새우려다가는 암초에 걸리고, 풍랑에 찢기고, 배가 산으로 가게 될 것이다.

남편은 오랜 술 주독으로 만성 위염에다가 기관지염까지 앓게 되었다. 몇 달을 병원에 다녀도 호전되질 않았고 병원에 가는 것조차 싫증을 내었다. 그 와중에도 술을 끊지 못하는 것이다. 하는 수 없이 한약과 조약을 해 대기로 하고 금산 장에 가서 느릅나무 뿌리도 사 오고 기관지염에 좋다는 도라지도 다려 주고 가을 산에 가서 산초를 따다가 기름을 짜 주고, 이것저것 좋다는 약을 해 바치니 어느 약에 효험이 났는지 병은 호전되었다.

남편은 기관지 때문에 그 끊기 어렵다는 담배를 끊었다. 또 내가 출근길에 늦다고 머리를 감고 말리지 못하면 옆에 와서 화장을 하는 사이 드라이 기로 대충 말려 주는 배려까지 해 준다. 추운데 머리가 젖으면 감기에 걸린다고 염려하면서, 예전엔 꿈에도 상상할 수가 없었던 일이다. 남편의 잔소리는 줄어들고, 아이들은 정서 불안에서 벗어나 밤늦도록 공부에 열중하고, 이제 우리 가정은 행복이 구름처럼 피어오르게 되었다.(대전광역시 건전가정 실천수기 공모 대상, 1999)

헌 것이 있어야 새 것이 있지

　나의 알뜰 생활이란 별다른 게 없다. 가재도구며 의복이며 모든 물건을 제 수명이 다할 때까지 쓰는 것이다. 색깔이 퇴색되었다거나 디자인이 구식이 되었다고, 아니면 좀 쓰기 불편해졌다고 멀쩡한 것을 버리고 새것을 살 수는 없다는 것이다. 아니 그런 사람들을 퍽 못마땅하게 생각하고 있는 중의 한 사람이다. 좀 구식이면 어떠랴. 10년, 20년, 단칸방에서부터 나와 세월을 같이하여 온 도구들, 그것의 하나하나에 추억이 담겨 있고 애환이 서리고 정이 배어 있다. 어찌 하루아침에 내동댕이칠 수 있겠는가?

　내게는 18년이나 된 옷 한 벌이 있다. 검은 체크무늬의 치마에 줄이 있는 재킷이다. 큰 아이를 가졌을 때 처음 병원에 갔다가 오던 길에 중앙시장에서 장만한 것이다. 안은 낡아서 두 번이나 안감을 떠다가 서툰 솜씨로 갈아 넣었으며 색이 변하고 소매 끝이 낡았다. 큰 아이가 나이를 먹을수록 그 옷도 해를 더하게 되었으니 남다른 추억이 있는 셈이다. 어떤 때는 악세서리로 매치를 시키기도 하고 머플러로 가리기도 하면서 숱하게 입고 다녔다. 이제 그만 버려야겠다고 생각을 하다가 문득 성철스님이 떠올라 다시 넣었다. 스님의 승복에 비하면 이 옷은 너무 신사이고 내 평생 입어도 될 수 있을 것이다.

또 오래된 구식 재봉틀 하나, 모양새가 너무 구차하게 생겼고 좁은 공간에서 떡 버티고 서서 거치적거리지만 이것도 내가 버리지 못하는 물건 중의 하나다. 아이들의 포대기와 의복을 고쳐 주니 어찌 버릴 수가 있겠는가? 그 밖에도 386 컴퓨터, 유리 진열장, 목제 책상, 어머니가 쓰던 식기류, MBC 백일장에서 상으로 받은 덩치 큰 청소기, 이놈은 꼭 트랜스를 꼽고 줄을 늘어뜨려야 제 구실을 한다. 모두 하나같이 아무리 가지고 있어 봐야 골동품으로서의 가치가 없다. 그런 것들을 쉽게 버리지 못하는 것은 아직도 쓰는 데는 이상이 없고 그런대로 쓰고 있기 때문이다.

내 어머니는 늘 하는 말씀이 '헌 것이 있어야 새것이 있다'고 하시며 새것은 아껴 두고 헌 것을 썼다. 부서지면 고치고 떨어지면 꿰매고 더는 못 쓸 때까지 쓰는 것이다. 특히 의복은 더욱 그랬다. 세 네 군데 다섯 여섯 군데 깁는 것은 보통이었다. 깁지 않은 옷은 외출할 때만 입었다. 물론 물자가 귀했고 살림이 넉넉하지 못했던 탓도 있었지만 무엇이든지 버리면 큰일이나 나는 줄 알았다. 어머니의 그런 모습을 보아 와서 그럴까? 아니면 형편없이 가난한 집에 시집을 와서 살게 된 탓일까? 버리는 것을 쉽게 하지 못하는 성격이 때로는 궁상맞게 느껴지기도 하지만 남들처럼 쉽게 버리고 사들이고 하였더라면 아마 오늘의 내가 있을 수 없었을 것이다.

　신혼 초에는 대동 산1번지에서 살림을 차리게 되었다. 방 천장에서는 쥐가 마라톤을 그칠 줄 몰랐고, 수돗물은 나오지 않아 새벽 세시가 넘어야 받았다. 만약 잠이 들어 버리면 하루 종일 물이 없어 쩔쩔매었다. 그 통에 아이를 낳고도 물을 받느라 새벽바람을 쏘였으니 바람 병이 들어 기침을 하면 창자가 딸려 올라오는 듯 통증을 느꼈고, 산후병이 들기도 했다. 남편의 일정치 못한 수입으로는 그 달 그 달 살아가는데도 허둥댈 지경이었다. 그런 중에도 둘째까지 낳았고 무슨 돈벌이가 없을까 하고 궁리를 하다가 이웃들의 옷 수선을 해주기 시작했다. 구식 재봉틀은 그때 고물상으로부터 사들인 것이다.

　남편이 사우디엘 가서 일 년 삼 개월 있었던 덕분에 조금 아래로 내려와 전세방을 얻게 되었고 형편은 약간 나아졌다. 그러나 내 집을 사기까지는 무려 20년이란 세월이 흐른 뒤였다. 아무리 아끼고 모아 본들 뛰어오르는 집값을 따라갈 도리가 없었다. 하지만 그렇게 쥐어짜지 않았더라면 지금도 셋방살이를 면키 어려웠을 것이다. 살림에 보탬이 되는 일은 무엇이든지 했다. 내게 즐거움을 주는 일은 곡식을 심고 가꾸는 일이다. 공터를 얻어서 감자, 고구마 등 쉽게 지을 수 있는 농사도 짓고 채소도 가꾸며, 그것들이 자라고 결실을 맺고 하는 것을 바라보는 것은 나만이 느낄 수 있는 기쁨이기도 했다. 지금도 우리 집엔 흙이 담긴 화분이 30여개가 넘는다. 겨우내 주방에서 나온 쓰레기며 쌀 씻은 물, 생선 씻은 물을 부어 놓았다. 이것들이 조금 있으면 고추, 오이, 가지, 가지각색의 채소로 장관을 이루며 커나갈 것이다. 어느 화초밭 못지않은 진풍경을 이룰 것이다. 작년에도 이웃들의 구경거리가 되었었다.

내게는 재력이 없으니 돈 드는 멋은 부릴 수가 없다. 슬픈 일이기는 하지만, 그래서 요즈음은 돈 안 드는 멋이 있을까 하고 궁리 중이다. 낡은 옷을 입어도 초라해 보이지 않는 멋, 소박하고 악의가 없고 천진스럽고 그래서 누구나 편안하게 다가올 수 있는 멋, 매사에 열정적이면서 슬기로움을 풍기는 멋, 그런 멋을 가져 보고 싶은 마음 간절하지만 몸에 배어 버린 궁핍 때문인지 잘 되질 않는다. 그래도 값비싼 옷을 입고 부티를 풀풀 날리는 사람보다는 낡은 옷을 입고 겸손한 자세로 사는 것이 낫지 않느냐고 위로 해 본다.

　가끔씩 집들이를 하는 집의 초대를 받을 때가 있다. 그럴 땐 먼저 그 집 거실의 풍경을 살피게 된다. 고색이 창연한 그림 한 점, 힘 있게 내려 뻐친 화필이라도 만나면 그 주인이 존경스러워진다. 오래된 가구 한 점이나 흙냄새, 고향 냄새 우리의 정서가 묻어나는 것도 좋다. 또 안주인이 폐품을 가지고 꼼꼼하고 야무진 솜씨로 정성 들여 만들어 놓은 물건들이 요모조모로 장식돼 있는 것도 좋고, 해묵은 화초들이 어우러져 있는 풍경도 좋다. 그런데 그런 풍경을 만날 수 없는 집들은 껍데기만 있는 것 같은 느낌을 받게도 된다. 아무리 비싸고 좋은 가구를 번쩍거려도 돈으로만 해결한 것은 사치와 낭비를 보는 것 같다. 그 동안 쓰던 물건들은 다 어디로 갔을까? 정성 들여 키우던 화분은 어디로 가고, 새로운 화분 가게 하나를 옮겨다 놓았을까? 지적인 수준이 비어 있음을 느끼게 된다.

　돈은 지각 있는 사람이 써야 가치가 나타난다. 돈 쓰는데도 그 사람의 수준이 보인다는데, 내 수준은 그저 '헌 것이 있어야 새것이 있다'며 헌 것을 마르고 닳도록 쓰면서 개미처럼 작은 먹이 하나를 물어다 놓기에 바쁘다.(대전광역시 알뜰생활수기 공모 차상, 1999)

강가에서

　오래 전, 공주 금강변에서 어머니와 같이 살았던 적이 있다. 눈을 감으면 지금도 그때 그 풍경이 선연히 떠오른다. 얼마나 아름다운 강이었던가? 마치 옥색 물감을 풀어놓은 듯이 맑고 투명해서 자갈과 모래알까지 훤히 드러내며 산자락을 휘어 감고, 광협장단廣狹長短으로 대세大勢를 이루며 흘러내리는 물결!

　강은 언제 보아도 신비롭다. 조용히 속살거리며 흐르는 새벽 강이, 수정 같은 물살을 드러낸 아침 강이, 은물결로 반사하던 그 찬란한 석양의 강이, 물바람이 일어내던 서늘하고 상큼한 바람의 맛...

　금강은 백제의 찬란한 흥망성쇠를 묵묵히 지켜보면서 소리 없이 웃고, 소리 없이 통곡하던 역사의 강이다. 계백장군이 새벽마다 강물을 떠서 세수를 하며 투혼의 기백을 불살랐고, 삼천 궁녀가 꽃잎처럼 떨어져 민족지존의 고고한 얼을 담았다.

내 꿈은 강 시초에서부터 끝까지 천천히 걸어서 답파踏破를 해 보는 것이었다. 사진기 한 대 둘러메고 기막히게 좋은 풍광을 찰 깍거리면서 필름에 담고, 강변에서 밤을 맞고 강변에서 아침을 맞이하며 강물 따라 흘러가는 것이다. 얼마나 멋진 여행이 될 까? 그러나 그 꿈은 아직도 못 이루고 있다. 그저 꿈일 뿐이다.

어머니는 강을 숭배하셨다. 강의 용왕님도 어머니가 믿으시 는 신앙의 일부분에 속했다. 두 손을 합장하고 강을 향하여 절 을 하시며 자식의 무사태평을 기원하셨다. 어머니는 고추의 종 아리가 붉어지면 고추를 따다 강변에 널어 말리기도 하고 또 강 변을 거슬러 올라가 십리도 넘는 곳에서 약쑥을 뜯어다 밤과 대 추를 넣어서 달여 주셨는데 그것을 먹으면 밥맛이 좋고 한 계절 을 별 탈 없이 보낼 수 있었다.

가끔씩 형부가 낚시질을 오면 어머니는 따신 점심을 지어놓 고 사위를 맞이하였다.

"강태공은 곧은 낚시를 드리웠다네."
"예 지당하신 말씀입니다."

어머니는 사위가 잡아다놓은 물고기를 한두 마리만 남겨놓고 모조리 가져다 강물에 놓아주었다. 사위는 열심히 고기를 잡아

오고 장모는 방생을 하고, 그러면서도 사위와 장모사이에는 강물 같은 정이 흐르고 있었다. 어쩌면 형부는 장모에게 방생을 하는 기쁨을 드리기 위해 더 열심히 고기를 낚았는지도 모른다.

그렇게 살던 즐거운 추억들을 남겨두고 우리는 강변을 떠나야 했다. 직장을 따라서 부산으로 갔던 것이다. 강변을 떠난지 어언 30여 년, 지금 와서 강가에 서니 이미 옛 강이 아니다. 내 기억 속에 있는 그 맑던 물빛은 어디로 가고, 흐릿한 물줄기만이 몸부림치듯 넘실거리고 있을 줄이야.

산허리를 헐어내고 길을 내고 공장을 짓고 축사에서 오물을 흘려 내리고 그래서 어쩔 것이냐? 오염된 독소를 가슴에 안고 몸부림치는 저 물줄기를 어찌할 것인가? 현대 문명이 빚어낸 이 엄청난 과오! 강이 죽으면 사람도 죽는다는 철칙을 결코 외면한단 말인가? 좀 돌아서 천천히 가면 어떻다고 산허리를 잘라내고 길을 뚫어야 했던가? 눈물이 난다.(대전MBC 금강백일장 차상, 1998)

대청호의 풍경

　어디로부터 흘러왔는가? 잠시 긴 여정을 풀고 잔잔한 평화를 이루는 물결! 하늘엔 흰 구름 두둥실 떠 흐르고, 천첩옥산은 만산홍 타는 자락을 적시는데 갈대꽃 무리지어 흐드러졌고 들국화 송이마다 향기 뿜는, 창망한 대청호의 정경! 참으로 아름다워라.

　물가에 서니 바쁜 일상의 굴레를 저만치 물려 놓고 오늘 하루만이라도 이 숭고한 자연의 멋에 마음껏 취하고 싶어진다. 살아가면서 묻어 왔던 그 어쩔 수 없는 삶의 때를 씻어 내고 본연의 순수함으로 돌아간다면 물위를 날아가는 한 마리 새처럼 가벼운 마음이 될 수 있으리라. 그리하여 물의 이치와 섭리를 하나하나씩 터득해 간다면 가장 겸허한 인간으로 설 수도 있으리라.

　물은 아무리 더러운 것이라도 깨끗이 씻어 주고는 결코 더러움을 탓하거나 자만하지도 않으며 흐르는 사이 스스로 정화해 간다.

물은 아무리 험한 곳이라도 부드럽게 감싸 안으며, 잘나고 못 남을 가리는 바 없이 온갖 물고기들을 다 사랑으로 포용한다.

물은 막히면 갇히고 차면 넘치고 터지면 흐르는 자연스러움의 그대로를 행할 뿐이다. 결코 역행을 하거나 거부하거나 이변을 일으키는 일이 없다.

물은 낮은 곳으로 낮은 곳으로만 자세를 낮춘다. 낮을수록 더 즐거워 졸졸졸 소리를 내다가 폭포의 장관을 이루기도 하며 오직 낮은 곳만을 찾아가는 겸손함이 있을 뿐이다.

물은 모이면 곧 하나가 된다. 산골짜기에서 왔던 들에서 왔던 합쳐지면 그냥 하나일 뿐이다. 한 방울 두 방울이 모여 이루어진 저 장엄한 호수를 보라. 모일수록 더 커져 가는 대단한 단결력을 보라. 커질수록 위력을 잠재하고 있는 위대한 힘을 보라.

인간의 작은 가슴으로 깊고 깊은 물의 진리를 어찌 다 배워 익힐 수 있으랴. 그저 감탄하고 감탄할 뿐이다. 그러나 오늘 대청댐 깊은 호숫가에 앉아 내 작은 가슴이 아름다운 감격으로 차오르는 기쁨을 맛보았다. 드디어 옛 선비들이 강호지락을 즐겼던 멋을 조금은 엿볼 수 있을 것 같기도 했다.

바람이 스치면 가볍게 흔들리는 몸짓. 긴 바람이 한꺼번에 밀고 나가면 마치 써레질을 하듯 밀려가는 물결의 파노라마! 정녕 자연이 펼쳐 보이는 또 하나의 신비였다.

태초의 지구에는 물이 흐르면서 물방울 모양인 생물이 생기기 시작하였다한다. 그 생물이 차츰 변이하여 다양해지고 오늘날과 같이 여러 가지 형태가 된 것이라 했다. 물은 모태고 생명의 원천이다. 모든 생물은 물이 아니면 살수가 없다.

오늘 우리는 물을 마시고 밥을 지어먹고 얼굴을 씻고 빨래를 해 입고 하루의 생활을 물로서 시작하고 있다. 그럼에도 물을 대수롭지 않게 여기고 함부로 써 대고 마구 오염을 시키는 우를 범하고 있다

공장 폐수를 흘려보내는 자는 누구냐? 쓰레기를 물밑으로 밀어 넣는 자는 누구란 말이냐? 극도로 오염된 물은 스스로 정화할 수 있는 자력을 잃게 마련이다. 강을 병들게 하고 죽이는 일은 바로 생물을 병들게 하고 죽이는 결과로 직결된다.

대청댐은 대전시민의 젖줄이다. 이 젖줄이 2급수로 떨어져 버렸다는데 안타까움과 분노를 금치 못한다. 그렇다고 어떤 이는 생수를 사 먹고 포장된 물을 찾는다. 그러나 흐르지 않는 물은 죽은 물이다. 흐르고 돌고 요동을 하는 것이 생명이다. 호수의 물이 그대로 머물고 있는 것 같지만 끊임없이 움직이고 있다는 사실을 발견할 수가 있다. 살아 있는 것은 모두 움직인다는

또 하나의 이치를 속삭이면서.

　우리의 젖줄 대청호, 유리알처럼 맑고 신선해져 1급수가 되어 영원히 아름답게 빛나기를 간절히 소망한다.(대전 팔경 백일장 장원. 1996)

직업과 양심

시골 행 버스를 탔을 때였다. 20대 중반쯤 되어 보이는 청년 둘이 뒷좌석에서 이야기를 하고 있었다. 그들의 화제는 줄곧 돈 버는 얘기로 이어져 가고 있었다. 누구는 무엇을 해서 돈을 좀 벌었느니 누구는 무엇을 하다 빚더미에 나 앉느니 하더니만, 야구공 하나로 일확천금을 번 박찬호나 골프의 여왕 박세리가 벌어들이는 돈의 기하학적인 숫자가 나오기도 했다.

의자에 기댄 채 눈을 감고 자는 포즈를 취하고 있던 나는 그들의 이야기를 들으면서 사람의 직업에 대하여 생각의 물살을 저어가기 시작했다. 직업은 참 가지가지 많기도 하다. 그러나 그 직업들이 다 사람을 상대로 해서 이루어지고 있다는 것이다. 물고기를 기르든지, 돌고래에게 쇼를 가르치든지, 나아가서 우주 과학을 연구하든지, 동ㆍ서양 역사를 가르치든지, 다 사람을 위해서이다. 그러니까 내 것을 제공함으로써 남의 것을 얻어 오는 연결 고리로 이루어져 있다는 것이다. 사람은 혼자서는 살아갈 수 없기에 사람 인ㅅ 자도 두개의 뻗침이 서로 맞대어 괴고서 있다고 하지 않는가?

불가에서 말하는 연기緣起는 이렇게 설명되고 있다. "가령 목수가 책상을 만든다 하자. 그것은 누군가가 사다가 쓸 것이다. 낡으면 부숴 아궁이에 던질 것이다. 이 책상은 언젠가는 없어진다. 그런데 왜 목수는 책상을 만드는가? 그것은 돈을 내고 사려는 사람이 있기 때문이다. 사려는 사람이 있다는 것은 목수가 일을 하는 원인이 된다. 또한 목수가 책상을 만들려고 할 때, 책상의 재료가 되는 나무를 구해야 한다. 나무를 파는 것은 재목상이며 재목상이 재목을 마련해 두는 것은 그것을 구하는 사람이 있기 때문이다. 또 목수에게 연장이 있어야 하고, 연장을 만드는 사람이 있어야 하고... 이렇게 따져 가면 책상 하나에도 그것을 있게 하는 헤아릴 수 없는 원인이 있는 것이다. 이와 같이 이 세상에 나타난 모든 것을 있게 하는 그 원인을 연기緣起라고 하지만, 그렇기 때문에 참으로 있는 것은 연기로 하여 있게 된다."

모든 물건은 필요에 의하여 생겨나고 소멸한다. 아무리 작은 것이라도 주 재료와 부속 재료가 갖추어져야 하고 또 만드는 이의 정성과 숙련된 기술이 있어야 한다. 그러나 양심을 저버린 사람들이 쉽게 돈을 벌기 위한 물건들이 쏟아져 나와 사회를 어지럽히기도 한다.

사람에게는 이 지구상의 생물 중에서 그 무엇도 가질 수 없는 가장 소중한 것 양심이라는 것을 가지고 있다. 양심良心이란 한 자로 풀어 보면 어질 양良 자에 마음 심心 자로 어진 마음이 되고 국어사전을 들추어보면, '사물의 선악善惡을 구별하여 나쁜 짓을 하지 않고 바른 행동을 하려는 마음'이라고 되어 있다.

그런 소중한 양심을 근본으로 가진 사람이 돈에 눈이 뒤집히는 현상은 슬픈 일이다. 흔히 이 어렵고 어려운 세상에 양심 같은 것 다 찾다간 살아 내기 힘들다는 인식을 가진 이, 돈 버는데 양심 운운 하다가 무슨 돈을 벌 수 있겠느냐는 이들, 적당히 속고 속이면서 그렇게 두리 뭉실 살아가는 게 인생이 아니냐고 하는 사람들, 그러나 물 흐르듯 흘러가는 인생살이 속에서도 양심 있게 번 돈은 귀하고 값져 오래 보존이 되지만, 양심 없이 번 돈은 어느 지점에 가서는 결국 양심 없이 사라져 버린다는 것을 다시 한 번 생각해 볼 일이다.

복제

　'우리의 생명공학 어디까지 왔나' 하는 TV삼인 방 토론을 보았다. 대담을 하는 한 분은 스님이고, 두 분은 수의학 교수였다.

　수의학 교수가 복제된 돼지를 가지고 나왔다. 살아있는 것이 아니고 박제되었다고 할까? 약품처리된 것을 유리 상자에 담아놓았다. 돼지 한 마리의 복제는 그 안의 장기로 여섯 사람의 생명을 구할 수 있다는 것이다. 못쓰게 되어 죽어가는 인간의 장기를 돼지 속에서 인위적으로 키운 장기로 바꾸어 주는 것이다. 돼지의 복제는 이미 과학적 기술에 아무 문제가 없는 데까지 와 있는 것은 물론 인간 복제에 대하여서도 그 기술에 문제가 없다는 것이다.

　그 스님의 얘기는 태초의 인간이 불을 발견하여 인간의 생활이 달라졌듯이 인간복제는 또 다른 하나의 불을 발견하는 것이나 같다는 것이다. 모든 사람이 부모가 되고 형제가 되고 격이 없이 평등화 된다는 것이다. 복제된 인간에게도 그 안에 인간의 정신이 있고 영혼이 있고 인간과 다를 게 없다는 것이다. 언젠가는 인간 복제의 시대는 열리게 되고 그 시대에는 지금보다 훨씬 좋은 세상이 온다는 것이다. 결론은 언젠가는 인간복제의 시대는 온다는 것이다.

과연 인간 복제의 시대가 열리면 더 좋은 세상이 올까? 복제 인간이 더 나은 세상을 만들어 갈 수 있을까? 많은 의문점이 제기된다. 좋아진다면 그 만큼 과학기술이 발달해서 좋아지는 것이지 복제 인간으로 해서 좋아지는 것은 아닐 것이라고 본다.

복제에는 여러가지 문제점이 따른다고 본다. 우선 여자의 난자가 있어야 한다는 점이다. 복제를 하든 정상적으로 아기를 가지든 여자가 모태라는 것은 불변의 원칙이다. 그러나 복제를 하고 싶다고 해서 어느 누가 난자를 제공하고 자궁을 대여하면서 희생하겠는가? 거기에는 필시 난자를 팔고 자궁을 빌려주는 희괴한 직업여성이 등장할 것이다.

아기는 모태의 유전 영향을 받게 된다. 외모, 성격, 목소리, 사고하는 방식까지 유전성을 받는다는 것은 자명한 사실이다. 그렇기 때문에 예로부터 혼인에는 집안을 보고 성씨를 보고 하는 것이다. 복제를 하는 것도 유전자가 우수한 여자를 찾아야 하는 데, 우수한 씨종의 여자가 제 몸을 팔고 빌려주는 행위는 하지 않을 것이다.

또 이렇게 해서 얻어진 아기가 인간생명의 존엄성을 누릴 수 있느냐 하는 것이며, 부모의 깊은 사랑을 받으며 자랄 수 있느냐? 하는 것이다. 아이에게 부모의 사랑보다 더 소중한 것은 없다. 모정이 결여된 아이, 혹은 부정이 결여된 아이가 인간이 가질 수 있는 따뜻한 애정과 인성을 제대로 성숙시킬 수 있느냐 말이다. 어쩌면 저 혼자밖에 모르는 가장 이기적인 인간이 되어 사회를 더욱 삭막하게 만들 요인이 다분하다고 본다.

늙은 양을 복제하니 양이 쉽게 늙어버렸다는 보고도 있었다. 복제 동물은 수명이 짧다는 설도 있다. 사람도 같은 이치에 속할 것이다. 그래서 수명이 길게 하려면 아기의 세포를 떼어다 복제를 해야 한다는 답이 나온다. 아기가 복제를 하라는 승인을 해 줄 수 있을까?

또 하나 인간의 수가 급격히 줄어들어 국가에서 아이를 복제하는 지경에 이르게 된다면, 보육시설을 갖추고 집단으로 교육시켜서 영재를 만들어 내어 놓는다 하자. 역시 공장에서 찍어낸 성능 좋은 기계는 될지라도 어른을 공경하고 아이를 사랑하고 인간다운 인간의 뜨거운 피가 흐를 수 있느냐 하는 것도 의문점이다.

인간은 동물과 다르다. 돼지나 양처럼 쉽게 복제되어서 인간이 된다는 것은 인간의 가치를 크게 실추시키는 일이다. 만약 자식이 없는 사람이 자식을 갖고 싶어서 복제라도 하고 싶다면 그것은 복제보다는 시험관 아기를 갖는 것이 바람직하다. 시험관 아기의 성공률을 더 높여주는 것이 현대의학이 할 일이다.

인간은 비슷한 것 같지만 저마다 다 다르다. 다른 생각, 다른 마음, 다른 이상을 가지고 다양하게 살아간다. 성내고 울고 웃고 하는 차이도 다 다르다. 감각의 느낌과 감정의 폭이 다 다르다. 강변에 무수히 널려있는 조약돌이 생김새가 다 다르듯이 인간의 내면과 외면까지도 각기 다 다른 개성을 가졌다. 그래서 세상이 다양해지고 획일화 되지 않는다는 것이다.

인간에게 가장 소중한 것은 명석한 두뇌보다도 풍부한 감정이 더 인간답지 않을까? 감정이 삭막한 사람은 정이 없고 인간미가 없다. 태아는 어머니 뱃속에서부터 사랑을 느끼고 감정이 성숙되어 가는 것이다. 그러나 복제아기는 상업적이라는 것밖에 무슨 사랑을 느낄 수 있겠는가? 결국은 사랑이 결여 된 아이가 되고 어쩌면 생명의 소중함마저 퇴색되어 버릴 수도 있다.

인간은 자연의 섭리에 따라 태어나고 자연의 섭리에 따라 살다가 죽는 것이다. 다만 사는 동안 아프지 않고 병든 곳을 치료해서 건강하게 사는 날까지 살아가게 하는 것이 생명과학이 짊어지고 가야할 과제가 아닐까?

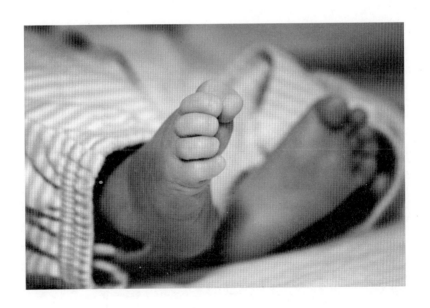

세월을 바퀴로 달고
달리는 차 안에서

지상에는 하늘의 별보다 많은 반짝거리는 사람들이 있다. 사람을 그 영혼의 자동차라고 단정해 본다면 산다는 것은 자가운전을 하며 어디론가 가고 있는 것이리라.

사람을 자동차에 비유한다는 것은 매우 외람된 말이지만, 차와 사람은 흡사한 데가 많기로…….

차는 각기 다르다. 겉모양이 비슷하다 하더라도 속은 다르다. 기계의 성능이 다르고 내부 색채가 다르고 의자의 촉감이 다르다. 한 공장에서 똑같이 만들어진 차라고 해도 어딘가에는 다른 점을 지녔으며, 다른 길로 향해 달리고 있다.

수많은 차들 중에는 안과 밖이 말끔히 닦여져 있는 것도 있고, 겉만 잘 닦여져 있는 것도 있고, 안이 화려하게 꾸며져 있는 것도 있고, 그야말로 천차만별이고 형형색색이라고나 할까? 교통체증을 일으킬 만큼 참으로 많은 차들이 신호등을 지켜가며 제각기 자기 길을 가고 있다.

쇼팽과 베토벤의 음악이 흐르고 있는 차, 십자가가 걸려있는 차, 번잡한 도시만을 돌고 있는 차, 외곽도로로 가고 있는 차, 바람 가르며 강변도로를 스릴 있게 달리는 차, 짐이 무거운 차, 빈 차, 무수히 많은 차들.

그들은 주인(영혼)을 잘 만나느냐에 따라 가는 길이 달라진다. 또 주인에 따라 소중해 지느냐 그렇지 못 하느냐의 운명이 좌우된다고나 할까? 잘 닦여지고 정비되어 오래도록 달릴 수 있느냐는 순전히 주인 손에 달려 있다. 그러므로 차는 바로 그 주인의 얼굴이며 마음의 표상이다.

길에는 굴곡이 있다. 오르막과 내리막과 포장도로와 비포장도로와 바른 길과 굽은 길이 수없이 깔려있다. 거미줄 얽히듯이 얽혔다. 넓고 바른 포장도로가 달리기 좋다 해서 좋은 길로만 달릴 수 없고, 길이 가파르고 험하다하여 그곳에 가야할 목적을 포기할 수는 없다. 목적을 위해서라면 어느 길이건 마다하지 않는다.

그러나 가끔씩은 모양도 훌륭하고 기계의 성능도 좋은 차를 차고나 주차장에다 한정 없이 세워두는 주인도 있다. 날이 갈수록 먼지가 끼고 기계가 녹슬어 가는데도 말이다. 아깝고 애석한 일이다.

차는 움직이는 것이 기본이고, 바쁘게 달려야만 제 구실을 하게 된다. 사람이 살아가는 이치와 이렇게 상통相通할 수가 있을까? 세상은 넓고 길은 끝이 없다. 가는 곳마다 새로운 풍경이 펼쳐져 있다.

미국과 일본과 우리 대한민국이 나라라고 해서 어디 같은가? 부산과 대전과 서울이 한 나라 안의 도시라고 해서 똑같지는 않다. 생김새가 다르고 특징이 다르고 정취가 다르다.

달릴수록 새로운 것을 자꾸 맛보는 기쁨, 고난과 위험이 따를수록 진귀한 것에 도달하게 되는 놀라움, 도전에서 도전으로 얻어지는 성취감, 그런 것을 향해 차는 줄곧 시동을 걸고 있다.

속리산 법주사를 가려면 그 숨 가쁘고 꼬불꼬불한 오르막은 손에 땀을 쥐게 한다. 운전 곡예를 하듯 아슬아슬한 고개는 어찌나 긴지 숨소리 한번 크게 내질 못하고 정신을 곤두세워서 핸들을 돌린다. 일 분 일 초가 죽음과 맞서 싸우는 정신적인 결투이기도 하다. 그렇게 해서 오르고 나면 수려한 풍경이 눈앞에 펼쳐지는데, 선경의 나라에라도 온 듯 그 풍경에 넋을 잃게 된다.

경주 석굴암에 오르는 길도 그러하다. 가파른 산을 다 오르고 나면 마침내 석굴암에 도달하게 된다. 석굴암의 본존 불상은 높은 신神과 극치의 예술을 한꺼번에 만나는 자리이다. 돌기둥도 웅장하거니와 화강석에 새겨진 10대 제자와 관음상이 그러하다.

길이 험하고 힘들다고 오르지 않는다면 눈으로 직접 감상할 수가 없다. 아무리 가파르고 험한 길이라 해도 못 오를 길은 없다. '태산이 높다하되 하늘아래 뫼이로다. 오르고 또 오르면 못 오르리 없건마는 사람이 제 아니 오르고 뫼만 높다 하더라.' 옛 시인의 글귀가 가슴 깊이 와 닿는다.

내 차는 지금 어디쯤을 가고 있을까? 앞으로 쑥쑥 빠져나가지 못하고 왜 자꾸만 주변만을 빙글빙글 돌고 있는 것일까? 눈물 한 자락 훔치며 다시 시동을 걸어본다.

송시열선생의 갖옷

우리고장 대전의 가양동에는 송시열선생의 사당인 '남간정사'가 있다. 이곳 남간정사는 제자들과 함께 학문을 연구하며 병자호란때의 치욕을 씻기 위한 북벌책을 강구하던 곳이다. 선생의 유물 중에는 효종임금이 내린 갖옷이 보관되어 있다. 갖옷에 대한 발문을 보면,

'지난겨울 임금께서 하사하신 이 갖옷은 신이 감히 받지 못할 것이어서 사양하였는데, 임금의 뜻이 간절하여 다시 사양하지 못하다가 뒤에 임금께서 마주하여 말씀하시기를 "사람이 서로 아는 것은 상대방의 마음을 아는 것이 귀한데, 전날의 갖옷은 요동과 계구(지금의 만주)에서 군신君臣이 함께 말 타고 달려보자는 뜻인데 어찌 이 뜻을 알아주지 못하고 사양만 하십니까?" 하시거늘, 신이 다시 절하며 말하기를 "전하의 뜻을 어찌 알지 못하겠습니까만 '세상에 큰 공을 세우기 쉬우나 지극히 작은

본심을 보전하기 어렵고, 중원의 오랑캐를 쫓기는 쉬우나, 자기 한 몸의 사사로운 뜻을 없애기는 어렵다' 함은 주자께서 당시 임금에게 고하시던 지론입니다." 하니, 임금께서 말씀하시기를 "선생께서 전후前後로 올린 상소는 모두 다 의리 아닌 것이 없습니다. 과인이 아무리 둔하다 하나 밤낮으로 깊이 생각하여 잊지 않겠습니다." 하니, 드디어 물러나서 이를 기록하여 군신이 서로 맹서하며 북벌대상의 공절을 세우는 기본으로 삼는다 하였다.'

선생은 효종이 내린 담비 털옷의 덧저고리를 한사코 사양하다가 효종의 간곡한 뜻을 더 이상 사양하지 못하여 받기는 받으셨지만 입으시지는 않고 소중히 보관만 해 놓으셨다. 만약 입어서 낡고 헤어져버렸다면 이 옷은 지금까지 보존이 되지 않았을 것이다. 갖옷을 자세히 보면 감탄사가 절로 나온다. 지금의 밍크코트보다 손색이 없다. 어떻게 그렇게 잘 만들 수가 있었을까?

선생은 그 좋은 옷을 받으시고도 왜 입지를 않으셨을까? 임금이 하사하신 옷을 입는 것은 대단한 가문의 영광이다. 아마 다른 신하였다면 보란 듯이 입고 우쭐대었을 것이다. 그 당시 추위는 지금보다 몇 배나 더 혹독했다는 것을 미루어 짐작할 수가 있다. 길을 가다가 다리가 아파서 조금 쉬었다 가려고 양지

쪽에 쪼그리고 앉았다가는 정강이가 얼어붙어서 펴지지를 않았다는데, 그 혹독한 추위에 먼 길을 출타 하시면서도 갖옷의 유혹은 냉정히 뿌리치셨던 것이다.

'세상에 큰 공을 세우기 쉬우나 지극히 작은 본심을 보전하기 어렵고, 중원의 오랑캐를 쫓기는 쉬우나, 자기 한 몸의 사사로운 뜻을 없애기는 어렵다' 라는 대목에서. 선생이 갖옷을 입지 않으신 뜻이 잘 나타나 있다.

선생의 검소함은 고급스러운 것을 용납하지 않으셨던 것이다. 선생의 사상은 직直사상이다. '유가의 도를 행함에는 오직 직直이 있을 뿐이다' 는 것이 선생의 근본철학이었다.

선생은 83세에 숙종으로부터 사약을 받았다. 후일의 경종임금이 될 왕세사의 책봉이 시기상조라는 상소를 올린 죄로 제주도에 유배되었다가 국문을 받기위해 상경하던 중 정읍에서 사약을 받아 돌아가셨다. 숙종은 크게 후회하고 선생의 관직을 회복하여 영의정에 추대하였다. 평생을 나랏일에 바쳐온 83세나 된 노구의 선비에게 귀양을 보내고 사약까지 내리다니, 비정한 역사 앞에 지탄을 금할 수 없다.

선생의 시신은 이곳 남간정사에 와서 3일을 계시다가 경기도 화성, 선생이 초당을 지어 머무르시던 곳으로 가서 장례를 지냈다. 이 초당은 현종 4년에 지어 선생이 도성으로 왕래할 때 항상 머무시던 곳이다. 높은 벼슬자리에 계시면서도 초당에서 기거하셨다는 것 또한 선생이 얼마나 청렴결백하셨는가를 나타내 준다. 선생이 쓰신 칡뿌리에 먹물을 찍어 큰 글자로 부끄러울 치恥자를 써 놓으신 것 또한 부끄러움을 알고 부끄러운 짓을 하지 않아야 한다는 의지가 담겨있는 듯하다.

선생의 연보를 보면 80평생을 사시는 동안 참으로 여러 임금이 바뀐 것을 알 수 있다. 1607년 선조 40년에 충북 옥천에서 출생하시어 광해, 인조를 거처 효종, 현종 숙종에 까지 여섯 임금이 바뀐 것이다. 관직을 받으신 것은 효종, 현종, 숙종, 삼대 임금으로부터 좌의정, 우의정에까지 오르셨다.

선생의 곧은 정신과 검소함을 담고 있는 갖옷을 보면서 참으로 많은 생각을 하게 된다. 점점 더 값비싼 브랜드를 찾고 좋은 집을 찾고 고급승용차를 찾는 추세로 치닫고 있는, 내실은 비워두고 겉모양새에 치우쳐 돌아가고 있는 현실이 실로 부끄럽다.

검소한 생활은 곧 환경을 살리는 길이고 국가 경제를 살리는 지름길이고 후손을 살리는 길이라는 것을 다시 한 번 명심해야 하지 않겠는가?

제4부 절에서

점불정 點佛睛

일전에 부처님 점안식點眼式에 가 보았다. 불상을 만들거나 그
릴 때 마지막으로 눈을 넣거나 그리는 일을 '점안點眼', 또는
'점불정點佛睛'이라고 한다. 그러나 대부분의 절에서는 눈까지
다 완벽하게 만들어진 부처님을 모셔다 놓고 그 의식만을 거행
한다.

새로 모셔온 부처님에겐 백지로 고깔을 접어 얼굴을 가려 놓
았다. 촛불과 향이 피워지고 스님의 독경 소리가 경건히 울려
퍼졌다. 묵중하게 들려오는 그 소리는 마치 범종 소리를 연상케
했다. 긴 독경이 끝나자 붉은 팥을 사방에 뿌려 부정을 가시고,
고깔에 매달려 늘어져 있는 오색실을 잡아당기니 부처님 용안
이 환하게 빛을 발한다. 아! 하는 탄성이 가슴속에서 터져 나오
는 순간이다. 이어 해맑은 얼굴의 스님들이 미소를 가득 머금은
채 한바탕 바라춤을 돌리고 나서 점안식은 끝이 났다.

불상은 사람의 손으로 만들지만 법당에 모셔지면 부처님이 된다. 법당에는 깨달음을 이룬 높은 불보살님들이 상주하고 계신다. 그러기에 제아무리 악한 자라해도 법당에 들어서면 경거망동을 할 수 없는 숙연함이 흐른다. 점안식이 끝난 부처님이 눈을 뜨셨다. 이 어지러운 세상이 부처님 눈에는 어떻게 보이실까?

눈, 그 작은 눈꺼풀 하나의 개폐로 세상이 열리고 닫히는 엄청난 위력을 발휘한다. 자신의 동체에 대우주를 접견시켜주는 문이라고 할까? 눈을 감으면 아무것도 보이지 않는다. 그저 까만 어둠의 시공時空만이 있을 뿐이다. 그러나 눈을 뜨면 세상이 다 보인다. 물체의 오묘함이나 모양새의 크고 작음, 좋고 나쁨이 눈을 통해 전달된다. 또 관심이 있는 것은 더 잘 보이고, 관심이 없으면 잘 보이지 않는다. 육안에서 심안까지 뜰 수 있어야 비로소 물체의 내부에 숨겨져 있는 진가를 볼 수 있다. 바른 안목을 가진 사람, 눈정신이 좋은 사람, 사물의 참과 거짓, 옳고 그름, 형체의 겉모습과 그 안에 숨어있는 핵심까지 꿰뚫어 보는 안력을 가진 사람은 보는 힘이 도저하다.

불교에서는 수행에 따라 도를 이루어가는 순서를 오안五眼이라 부른다. 육안肉眼, 천안天眼, 법안法眼, 혜안慧眼, 불안佛眼이 그것이다. 육안肉眼은 중생의 얼굴에 있는 눈이다. 천안天眼은 삼라만상의 미래와 생사까지도 볼 수 있는 하늘의 눈이다. 법안法眼은 불법佛法의 진리를 볼 수 있는 눈이다. 혜안慧眼은 사물의 본질이나 이면을 꿰뚫어 보고 차별이나 망집妄執을 버리고 진리를 통찰하는 눈이다. 불안佛眼은 생과 사의 모든 이치를 깨달으신 부처님의 눈이다.

천안이나 불안으로 세상을 본다면 깨달음 그 자체를 얻을 것이다. 하지만 중생은 육안으로만 보기에 욕심의 장막에 가려 생사의 진리를 바로 보지 못한다. 그 육안마저도 목숨이 끊어지면 세상과의 소통은 단절된다.

아침에 잠자리에서 눈을 떴을 때 살아 있다는 희열감을 느낄 때가 있다. 밤사이 죽기라도 했으면 어찌 눈을 뜰 수 있겠는가? 내 생명의 불꽃이 아직 꺼지지 않았다는 것, 그 동력으로 오장육부五臟六腑가 여차 없이 가동되고 수억 세포들이 생성하면서 눈꺼풀을 자유자재로 열었다 닫았다 할 수 있다는 것, 이 얼마나 위대한 축복인가?

그러나 내가 이 세상에서 본 것은 과연 무엇인가? '맹자단청盲者丹靑'이라고 맹인이 단청구경 하듯 살아온 것은 아닐까? 이 나이 먹도록 무엇 하나 제대로 볼 줄 아는 것이 없으니 육안마저 반쯤은 감고 살아온 것 같다. 어찌하면 조금이라도 더 잘 볼 수 있을까? 법안法眼의 눈도 뜨고 싶고, 혜안慧眼의 눈도 뜨고 싶다는 간절한 소망을 해 본다.

중국 양나라의 장승요는 안락사라는 절의 벽화로 네 마리의 용을 그렸는데 눈동자를 그리지 않자 사람들이 그 까닭을 물었다. 눈동자를 그리면 용이 하늘로 날아올라가 버리기 때문이라고 대답하였다. 사람들이 도저히 믿을 수 없다면서 그릴 것을 간청했다. 하는 수 없이 그는 한 마리의 용에 눈동자를 그려 넣었는데, 번갯불이 일고 요란스런 뇌성이 울리더니 용이 벽에서 나와 비늘을 번쩍이며 승천해 버렸다는 것이다.

그림의 용도 눈을 뜨면 살아서 승천을 한다는데...

땡 중과 큰 스님

허름한 옷차림으로 자전거를 끌고 밭에 가는 길이었다. 웬 스님 한 분이 고물상에서 요령을 흔들고 있었다. 저 스님은 목탁을 치지 않고 왜 요령을 흔들까? 혼잣말을 하며 명석고등학교 정문 앞을 지날 때였다. 요령을 흔들던 스님이 어느새 나를 따라 왔다. 명석고등학교 정문에는 커다랗게 '명석고등학교'라고 한글로 쓰여 있고, 정문 기둥의 화강석 현판에는 한자로 '明錫高等學校'라고 새겨져 있다.

스님이 큰 소리로 "밝을 명, 무슨 석, 높을 고" 하는 것이다. 그래서 내가 "주석 석" 했더니, "주석은 주인 주 자에 자리 석" 하고 맞받아 쳤다. 그래서 "아니 저 주석은 그런 주석이 아니고요, 반짝반짝 빛나는 주석이라는 돌을 말하는 거예요." 했더니, 그래도 또 그 스님은 "김일성 주석, 모택동 주석" 하는 것이다. 나는 '형편없는 땡 중이구나' 생각하며 더 이상 왕배덕배 할 필요가 없겠다 싶어 입을 다물었다. 머리를 깎고 중복은 입었지만 공부를 하지 않고 땡땡이를 쳤나보다. 아니면 생계수단으로 스님 행세를 하는 가짜 중일 수도 있다. 그래서 목탁도 칠 줄 모르고 천수경도 욀 줄 몰라 요령을 흔들었는지도 모른다.

그 스님은 주석 석자도 모른데 대해 계면쩍었던지, 해방이후 초대 대통령은 이승만이고 부통령은 이기붕이고 하면서 역대 대통령들의 이야기를 줄줄이 늘어놓으며 아는 체를 하기 시작했다. 그래, 노래를 부르면 추임새를 넣어 준 다고 "참 많이 아시네요." 하고 부추겨 줬더니 갈림길에서도 다른 길로 가지 않고 계속 나를 따라오면서 주절거렸다. 대꾸도 하지 않고 듣는 둥 마는 둥 관심을 보이지 않자 그제야 휙 돌아서 내려가 버렸다.

칠순이 넘어 보이는 노승이 어찌 그리 공부를 안 했을까? 보아하니 극락 가기는 다 틀린성싶다. 기왕 머리 깎고 승복을 입었으면 큰 스님 신발 벗어놓은 자리라도 따라가야지. 하지만 '주석 석자' 한 자 모른다고 훼언毁言을 해버린 나는 뭐 그리 아는 게 있는가 싶어 열없는 웃음이 입가에 돌았다.

스님들은 공부를 많이 한다. 요즈음은 큰 절마다 승가대학을 열어 열심히 공부를 시킨다. 스님들이 사경寫經을 하는 것은 불경을 한자漢字로 정성껏 써내려 가는 것이다. 사경은 마음을 한 곳으로 집중시키고 경의 뜻을 새겨 간직하는 하나의 수도 방법이다. 어떤 스님은 불경을 영어로 번역해서 외국에 나가 포교를 하고, 또 어떤 스님은 산스크리트어나 팔리어 원전을 가져다가 경전국역이 잘 되었는지도 살핀다. 공부하는 일, 깨닫는 일, 도를 닦는 일, 중생을 교화하는 일이 스님들의 사명이다.

지난 2월 열반하신 법주사 혜정스님(2011년 2월 세수歲壽 79세, 법랍法臘 59세로 타계)의 말씀이 떠오른다.

스님이 미국 절에 계실 때 큰 개와 작은 개가 있었다. 스님은 언제나 큰 개부터 밥을 주고 작은 개에게 주었는데 하루는 무심코 작은 개부터 밥을 주고 큰 개를 나중에 주었더니 큰 개가 밥을 먹지 않았다. 왜 밥을 먹지 않을까 하고 개를 이리저리 살펴보았지만 별 이상은 없어 보였다. 이튿날은 일부러 작은 개에게 밥을 먼저 주고 큰 개에게 나중에 주어 보았다. 역시 큰 개는 미동도 하지 않고 밥을 외면했다. 스님만 보면 펄쩍펄쩍 뛰며 꼬리를 치던 개가 이제 스님을 보아도 본체만체 했다. 그래, 아직 네놈이 배가 덜 고팠나보다 어디 보자하고 사흘째 되던 날도 작은 개에게 밥을 먼저 주었다. 역시 큰 개는 밥을 먹지 않았다. 그래서 이러다가는 개를 죽이겠다 싶어 밥을 다 쏟아 부은 다음 큰 개부터 주고 작은 개에게 주니 그제야 꼬리를 치며 밥을 먹었다. 스님은 아하! 네 놈의 자존심도 참 대단하구나 하셨다면서, 하물며 하찮은 개에게도 자존심이 있는데 사람이 자존심이 없어서야 되겠느냐며, 불자는 불자로서의 자존심, 자긍심을 가져야 한다고 강조하셨다.

혜정스님은 속리산 법주사 회주 큰 스님이셨다. 아담한 체구에 곱상하고 맑은 얼굴, 인자하면서도 위엄이 있으셨다. 법주사 대웅전은 겨울이면 유난히 춥다. 신도들은 털옷을 감싸고도 추워서 오들오들 떨었지만 스님은 얇은 법의만 입으시고도 꼿꼿이 앉으셔서 긴 법문을 들려 주셨다. 시인 서정주의 시도 외우시고, 주장자를 치시며 오도송悟道頌도 읊으셨다.

이번 초하룻날 절에 가면 큰 스님의 사진이라도 실컷 보아야겠다.

발우공양

발우게송에는 '덕이 없는 자는 밥을 먹지 않아야 한다.' 라는 구절이 있다. 밥을 먹지 않아야 한다는 것은 살지 말아야 한다는 뜻이기도 하다. 밥만 축내는 자는 살아갈 가치가 없다는 것을 매우 분명하고 단호하게 말하고 있다.

먹는 것이 얼마나 소중한가는 스님들의 발우공양에서 잘 나타나고 있다. 밥알 하나 나물 한 가닥을 어디라고 남길까? 반찬이 묻은 그릇을 물로 씻어서 마신다. 발우공양은 평등과 청결, 절약과 단결의 의미가 함축되어 있다고 한다.

스님들은 숟가락을 달그락거리거나 씹는 소리를 내지 않고 매우 조용하게 마치 중요한 행사를 치루 듯 밥을 먹는다. 절 밖에는 자꾸 먹어대어야 하는 '아귀餓鬼' 라는 귀신이 굶주림에 시달리고 있는데 이 귀신이 밥 먹는 소리를 들으면 저도 먹고 싶어서 매우 고통스러워 한다는 것이다. 그러니까 아귀에게 고통을 주지 않기 위한 배려로 먹는 소리를 내지 않는다는 것이다. 아귀는 절에 들어가고 싶어도 무서운 사천왕이 지키고 있어 들어갈 수 없다.

불교에서 말하는 '아귀도餓鬼道'는 먹을 것을 향해 끊임없이 악을 쓰며 쟁탈전을 벌리는 지옥이다. 염치없이 먹는 것을 탐내는 사람이나 많이 먹는 사람을 '아귀 같다'고 비유하는 것도 여기서 나온 말이다. 제욕심만 목구멍까지 꽉 차서 옆도 돌아볼 줄 모르고 살던 사람이 죽으면 '아귀지옥'에 빠진다고도 한다.

절에 가면 일반신도의 공양 간에도 '묵언默言'이란 글귀가 붙어있다. 잡스런 말은 정신을 어지럽히기 때문에 묵언은 선가禪家의 기본자세다. 묵언은 밥을 먹으면서 말을 하지 말라는 뜻도 포함되어 있다. 말을 하면 입 속에서 씹히는 밥알이 튀어 나올 수도 있다. 그러나 중생들은 묵언이라는 글귀가 무색할 정도로 떠들며 숟가락을 달그락거리는 광경도 눈에 띈다.

사람은 밥 먹는 태도에 따라 복이 들어오고 나간다고 한다. 숟가락을 털거나 젓가락으로 반찬을 뒤적이며 골라 먹으면 있던 복도 도망을 친다고 한다. 밥을 긁어모아 떠먹으면 평생 그 정도로만 살 팔자이고, 뒤쪽에서부터 퍼 먹으면 도둑놈이 될 조짐이라한다. 밥 먹는 모습을 보면 그 사람이 잘 살아갈지, 빌어먹을지, 심보가 삐뚜름한지를 알 수 있다 하니 여간 조심스럽지 않다.

모든 생명은 먹어야 살기 때문에 먹는 것이 대단히 소중하다는 것은 두말할 나위가 없을 것이다. 그러나 무엇을 먹느냐에 따라 몸의 건강뿐만 아니라 정신과 성격에까지 영향을 미친다고 한다. 동물도 육식동물은 사납고, 채식동물은 온순하다. 채식으로 얻는 힘은 은근하고 오래간다. 스님들은 채식만 해도 얼굴이 맑고 건강하다.

조용헌의 『사찰기행』에는 이런 대목이 나온다. '수행자들은 대체로 속인과는 같은 방에서 오래 있으려고 하지 않는다. 속인들은 고기를 먹어서 몸에서 냄새가 많이 날 뿐만 아니라 번뇌에서 오는 탁한 기운이 몸에 배어 있기 때문이다. 일반인은 느끼지 못하지만 산에서 산나물만 먹고 정갈하게 수도하는 사람은 이런 탁한 냄새를 예민하게 감지해 낸다.'

속인은 노린내, 비린내를 가리지 않으니 왜 그러하지 않겠는가? 오취五臭는 향내, 타는 내, 썩는 내, 노린내, 비린내를 말한다. 절에서는 '오신채'라 하여 파, 부추, 마늘, 달래, 양파를 먹지 않는다. 이들은 익혀서 먹으면 음란한 기운이 일고, 날 것으로 먹으면 성내는 기운이 인다고 한다. 오신채는 정력에 상당한 영향을 미치고, 냄새와 자극성이 매우 강하다. 그러나 어쩔 수 없는 중생은 노린내 비린내를 가리지 않는다. 먹는 즐거움도 또 하나의 사는 기쁨이 되니까.

요즈음은 '배부장나리'들이 참 많다. 나온 정도를 넘어서 북산 같은 배도 눈에 띈다. 넘치면 모자람만 못하다는 말이 여기서 적절하게 맞아 떨어진다. 영양이 넘쳐나면 비만이 되고 배가 뒤웅박처럼 나오면 굼뜨고 둔중하기 마련이다. 수레에 짐을 가득실어 끌고 나가기 힘이 드는 것과 마찬가지다.

학의 위장은 계란크기만 한데 삼분의 일만 채운다고 한다. 학이 천년을 사는 원인도 거기에 있다는 것이다. 소식이 수명연장을 시켜준다는 학설은 아주 오래전부터 연구 되어오고 있어 밥을 저울에 달아서 먹은 사람도 있다하지 않는가?

위장에 밥을 꽉 채우면 부대낀다. 밥을 소화시키기 위해 힘이 들고 지친다. 식충이는 잠 충이가 되고 잠 충이는 번거충이가 된다. 먹는 것에서부터 자는 것, 일하는 것을 알맞게 조절해갈 수 있다면 가장 평화로운 삶이 거기에 있지 않을까?

굶주림에 아우성치는 '아귀도'를 상상해본다면 때마다 밥을 먹을 수 있는 것이 얼마나 감사하고 행복한 일인가. 스님들이 발우공양을 하듯 감사한 마음으로 정갈하게 밥을 먹어야겠다.

동학사

오랫동안 위장병을 앓을 때였다. 다이어트를 할 필요도 없이 허리는 들어가고, 몸은 점점 피골이 상접되어 갔다. 병원에 다니고, 약을 먹으면 좀 나았다가도 또 재발이 되는 게 문제였다. 심할 때는 물 한모금만 먹어도 위장이 뒤틀리는 것 같은 고통이 밀려왔다. 위장이 자력운동의 힘을 잃어버린 것 같았다. 그래서 하루는 절 바람이도 좀 쐬어 볼까하고 향초를 사들고 동학사로 향했다.

동학사는 계룡산 동쪽 자락에 자리 잡은 빼어난 승경勝景의 고찰이다. 계룡산의 기초청려奇峭淸麗한 산세는 바위 벼랑의 골격을 유감없이 펼쳐내면서 험준하고 장중한 기상으로 뻗어 내리다가 계곡에 이르러 아늑한 명당을 이루었는데, 그곳에 가람이 옹기종기 자리 잡아 금방이라도 학이 내려앉을 것 같은 형상이라 '동학사東鶴寺'라 하였다 한다.

버스에서 내려 절을 향해 올라가면 계곡을 따라 흐르는 풍부한 물소리가 자연의 청정음을 선사한다. 여기에 온갖 수목이 내뿜는 향기를 온 몸으로 들이마시며 한 발 두 발 걷노라면 세속에서 묻은 심신의 먼지 나부랭이가 다 떨어져 나가는 것 같이 정화되어가는 느낌을 받는다. 사찰들이 계곡 깊숙한 곳에 있는 것은 오르는 사이에 산바람, 물소리로 마음의 때를 말끔히 씻어내고, 온갖 잡생각을 다 버리고 정갈한 몸과 마음으로 부처님 전에 참회하라는 승가의 깊은 뜻이 담겨있는지도 모르겠다.

어느새 동학사에 다다랐다. 마음을 가다듬고 조심스럽게 대웅전을 들어서는 순간 법당 안은 부처님의 금빛 광채로 가득했다. 지긋이 내려다보시는 부처님의 자애로운 눈빛이 초라한 나의 영혼을 가엾게 보고 계신 듯하다. 내가 아직 죽지 않고 살아 있기에 부처님 앞에 올 수 있다는 것이 한없는 기쁨으로 출렁거렸다. "부처님! 살고 싶습니다. 부처님의 가피로 이 가련한 목숨을 살려 주옵소서."

눈물이 맺히도록 간절한 묵도를 올리고 우러러 보니 부처님 이마의 미간주가 반짝였다. 지금까지 살아오면서 알게 모르게 지은 죄 얼마나 많을까? 무슨 죄를 지었는지조차 모르는 내 몸에서 속취俗臭는 또 얼마나 풍기고 있을까? "우매한 중생이 지은 죄를 사하여 주소서." 자꾸 절을 올리며 빌고 또 빌었다. 숨이 차서 무릎을 꿇고 앉으니 언뜻 머리를 스치는 경전 한 대목이 떠오른다. '수지신시 광명당受持身是 光明幢, 수지심시 신통장受持心是 神通藏' 받아 지닌 저희 몸은 큰 광명의 깃발이고, 받아 지닌 저희 마음 신비로운 곳집이니, 광명의 깃발 펄럭이며, 마음의 양식 가득한 곳집이 되게 하여 주소서.

대웅전을 나서니 뜰에는 기화요초琪花瑤草가 만발하였다. 미풍에 흔들리는 만춘의 꽃들이 더 없이 아름답다. 위를 올려다보니 산이 이마에 닿을 듯 가파르고 싱그러운 초목들이 손에 잡힐 듯 다가온다. 연초록 잎들이 마음껏 생명을 발산하며 햇볕에 반짝이는 저 찬란한 모습들, 숲속에선 산의 정적을 깨며 '똑 또그르르, 똑 또그르르' 목탁 새가 목탁을 울릴 것만 같고, 하늘다람쥐, 오색딱따구리 나무타기에 바쁠 것이다. 수목들이 방금 빚어낸 신선한 산소가 경내로 가득 밀려온다. 폐부를 열어 절 바람, 나무 바람을 실컷 들이마셨다.

절에 다녀온 후 내내 인삼 죽을 먹었더니 차츰 위장병이 나았다.

갑사에서

입동도 지나고 스산한 바람이 옷깃을 파고드는 초겨울 어느 날 혼자 갑사를 찾았다. 혼자서 절에 가면 내 시간의 자유를 온전히 누릴 수 있어서 좋다. 내 마음대로 조용히 앉아서 기도할 시간, 천천히 경내를 돌아보기도 하고, 자연의 경치를 여유롭게 감상할 수 있어서 좋다.

갑사 부처님은 크시고 한없이 인자하신 모습이시다. 가만히 올려다보고 있으니 남성미가 넘쳐흐른다. 그렇지! 석가여래께서 남성이셨지. "나무 시아본사 석가모니불-." 마음을 모아 천천히 절을 올린다. 엎드려 양쪽 손을 쫙 펴서 손바닥을 머리위로 들어 올린다. 예전에는 이 모양이 복을 달라는 것인 줄 알았는데, 부처님의 발을 손으로 받들어 모신다는 뜻이라는 걸 알고부터는 되도록 쫙 펴서 머리위로 올린다.

석가께서는 태어날 때부터 양쪽 발바닥에 수레바퀴 문양이 새겨져 있었다. 이 바퀴는 불교가 생겨나기 전부터 왕권의 상징이었다. 비록 석가께서는 왕권을 포기하긴 했지만, 그의 정신적 권위는 계속 바퀴의 이미지로 표현되었던 것이다. 그래서 바퀴가 부처의 교리를 상징하게 되었던 것이다. 석가모니의 첫 설법을 '진리의 바퀴를 처음 돌리다 하는 뜻에서 초전법륜初轉法輪이라고 하는 이유도 여기에 있다.'

－붓다의 깨달음에서－

　불경에는 이 바퀴 윤자가 참 많이도 나온다. 윤회라는 윤자도 바퀴 윤자다.

　절에 가면 부처님을 존경하는 마음이 한량없이 솟아나 삼천 번이라도 절을 올리고 싶지만 몇 차례 올린 절에서도 비칠거리고 숨이 차온다. 가지고 다니는 경을 목소리를 가다듬어 읽는다. 스님들이 하시는 염불과는 좀 다르다. 우리말로 된 해설편을 나는 즐겨 읽는다. 해설편을 읽으면 뜻이 쉽게 머릿속에 들어와서 좋다. 다행히 법당에는 사시 기도도 끝나 아무도 없다. 누가 있으면 열없어서 소리 내어 읽지를 못한다. 내가 읽는 소리를 내 마음으로 듣는다. 경을 읽는 것은 제 마음으로 그 소리를 듣기 위해서다. 마음으로 듣지 못한다면 한 여름 매미가 울어대는 것이나 무엇이 다르랴.

몇몇이 불전을 놓고 절을 하고 나간다. 어떤 이는 아들의 사진이 붙은 수험표 같은 것을 부처님 앞에 내 보이면서 몇 마디 중얼거리더니 나가버린다. 부처님이 소원을 들어 주실까? 들어주실 수도 있겠지. 지성이면 감천이라고, 하지만 소원은 자기 스스로 이루어가야 할 것이다. 사람들은 너나없이 부처님 앞에 오면 복을 달라 소원을 이루게 해 달라 청을 한다. 그렇게라도 절에 오는 사람은 좋다.

나는 이제부터 아무것도 소원을 빌지 않기로 했다. 부처님 앞에 오면 바람처럼 일어나 파도치는 잡생각을 재우고 호수처럼 잔잔하게 해보려한다. 일체의 잡념을 씻어내고 무상무념에 들어가 보는 것이다. 그러나 이렇게 부처님 앞에 있는 동안에도 문득문득 쓸데없는 생각이 마음을 치고 들어온다.

인터넷에 올려진 지유스님의 글엔, "마음속에 일어나는 생각이 구름처럼 덮어서 생각 아닌 마음을 보지 못한다. 마음을 깨달았다 하는 것은 마음속의 생각을 놓아 생각 아닌 마음을 본 것을 말한다. 불법은 자기 마음을 보는, 자기 마음을 보도록 가르친 교이다. 마음은 곧 자기의 실체이며, 과거도 현재도 미래도 영원할 자신의 본체인 것이다. 수도란 자기 마음을 닦는 일이며 마음을 도道라고 한다.

마음속에 있는 나쁜 것은 물로 좋은 것까지도 모두 없애버리는 경지에 들어가게 되어야 비로소 윤회의 굴레에서 벗어나 해탈을 할 수 있다 한다. 그러나 인간이 무생물이 아닌 이상 살기 위한 욕심은 본능이다. 어찌 깡그리 몽땅 다 버릴 수 있겠는가? 그러니 중생은 그저 중생의 길을 가면서 나쁜 마음이 일어날 때는 정화해가며 가시밭길을 스스로 만들어 고통 받지 말고 좀 더 나은 길을 찾아 행보를 하는 것이 지혜일 것이다.

대웅전을 나와 '석조약사여래입상'이 계신 곳으로 발길을 돌렸다. 뒤에는 푸른 대나무가 병풍처럼 둘러서 있고 자연 동굴 안에 머리는 상투 모양의 묶음이 큼직하고 왼손으로 약그릇을 들고 계시다. 아픈 사람이 지극정성으로 기도를 하면 좋은 약이나 의사를 만나게 되어 병이 낫는다고 한다. 고려 중기에 만들어진 유형문화제 50호 보물이다. 그런데 웬 막걸리 병이 여기저기 놓여있다. 그러고 보니 옆에는 막걸리 빈병이 한 자루 담겨져 있다. 누군가 한 사람이 막걸리를 바치자 사람들이 따라서 막걸리를 사 들고 오는 모양이다.

인간이 겪어야 하는 생 노 병 사의 고통, 그 고통을 덜어주기 위해서 부처님의 설법이 있다. 설법을 익혀 생각의 수준을 한 차원 위로 끌어올리면 병들고 죽는 것 까지도 초연히 받아들일 수 있게 되는 것이다. 지옥과 극락이 마음 안에 있다 하지 않으셨던가?

죽고 사는 것은 부처님도 어쩌지 못하신다. 나고 죽는 물결 따라 왔다 가는 중생이라 하시지 않으셨던가? 죽는 것도 사는 것도 그저 윤회의 과정일 뿐이다. 저마다 제 나름의 윤회의 길을 가고 있는 것이다. 깨우친 자는 그 길을 알고 가는 것이고 깨우치지 못한 자는 모르면서 가고 있는 것이리라.

나는 오늘 윤회의 길목에서 부처님 말씀 한 구절을 행랑에 담아 가는 중이다.

돌을 머리에 인 여인

　법주사에서 오래도록 내 시선을 멈추게 한 곳이 있다. 연꽃무늬가 새겨진 큰 돌그릇을 머리에 이고 서 있는 '희견보살상'이다. 잘쏙한 허리에 가녀린 여자의 몸으로 자신의 몸보다 두 배도 넘을 듯싶은 돌을 머리에 이고 헌걸차게 버티고 서있다.

　석상의 안내 표지판에는

　'희견보살은 성불의 큰 서원을 가지고 몸과 뼈를 태우면서까지 아미타불 앞에 공양하는 보살로서 사람에게 어떠한 어려운 일이 있어도 강한 의지를 배양하라는 뜻으로 조성한 것이라 한다. 이 보살상은 모루 돌 위에 다기茶器모양의 그릇을 머리에 이고 부처님 앞에 나아가는 모습을 하고 있다. 모루돌과 보살, 그리고 그릇의 세부분으로 구성되어 있다. 얼굴 부분은 마멸이 심하여 자세히 볼 수 없지만, 잘록하고 유연한 허리와 대조적으로 그릇 받침을 받쳐 든 양팔은 힘겨운 듯한 모습을 꽤 사실적으로 나타내고 있다. 옷은 속옷 위에 가사를 걸쳤고, 띠 매듭과 옷자락이 무릎 위에서 투박하게 처리되었다. 신라시대에 만든 것으로 예술적 가치가 있는 희귀한 문화재이다.' 라고 적혀있다.

석상의 얼굴이 어찌 저토록 마멸되었을까? 코가 없고, 입과 턱이 떨어져 나갔다. 아무리 오랜 세월 풍마우세風磨雨洗를 겪었다 해도 저토록 닳고 떨어지지는 않았을 것이다. 더구나 머리 위의 모루돌이 우산 역할을 했을 것이니 비바람을 막아 얼굴을 보호할 수 있었을 것이다.

자세히 보니 목 부분과 양쪽 손목 부분에 땜질 표시가 있다. 또 모루 돌 위에 얹혀있는 다기도 뒷부분이 깨어져 나갔다. 이 석상은 발 받침돌에서 몸체와 머리 위의 모루 돌로 구성되어 매우 안정적인 구조로 되어 있다. 따라서 외부에서 물리적인 힘을 가하지 않고는 쓰러질 리가 없을 것 같았다. 또 다기의 돌도 두껍고 육중해서 떨어진다고 깨질 돌이 아니다. 아마 임진왜란이나 일제 때 일인들이 고의로 석상을 쓰러뜨려 다기를 깨고 코와 입을 쪼아 버린 것이 아닐까 의심이 간다.

일제 36년간 일본인들은 우리 강토를 짓밟으면서 수많은 문화재를 약탈해 갔고, 사찰의 불상을 쓰러뜨리고 그 안에 들어 있는 보물이나 금덩이를 빼내어갔다. 사찰의 불상 안에는 사기邪氣의 침범을 방지하기 위해 불경, 부적, 금, 보물 등을 넣어 두는데 이를 약탈해간 것이다. 한 예로 계룡산 신도안 '대궐터'에는 정토전이라는 절이 있었다. 그런데 일본인들이 들이닥쳐 법당 안을 뒤지고, 마당에 서 있는 석불을 쓰러뜨리려 했다. 그러나 아무리 밀고 당기고 해도 석불이 꼼짝을 하지 않자 일본인들이 혹시라도 벌을 받을까 두려워 떨고 있었다고 한다. 이 때 간신첩자로 따라다니는 한 조선인이 석불 발밑에 큰 정이 박혀있다고 고해 바쳤다고 한다. 그 정을 빼내자 석불이 쓰러지니 목을 부러뜨렸다는 것이다. 간신첩자가 제 민족이었다는 게 수치스럽다.

석상을 가만히 바라보노라니 뜨거운 슬픔 한 움큼이 가슴을 메운다. 오랜 세월동안 얼굴이 닳아지면서까지 무거운 돌을 이고 서 있는 여인이 애처롭다. 굳은 힘으로 버티고 있는 저 모습은 우리에게 무엇을 말해주고 있는가? 어떠한 어려운 일이 있어도 강한 의지를 배양하라는 메시지를 전달하고 있는 것일까?

세상사 인간살이가 다 저렇게 돌을 이고 가는 것만큼이나 힘들고 고달프리라. 때로는 비틀거리다가 쓰러지기도 하면서 제 몫의 짐을 지고 가야 하는 것이 인간이리라. 그 짐이 얼마나 더 무겁고 덜 무거운가에 차이가 있을 뿐이다. 무겁고 힘이 들수록 정신세계는 빛날 것이다. 가슴에 간직한 돌덩이 하나 그것을 갈고 닦아서 옥을 만들기도 하고 보석을 만들기도 하는 능력이 인간에게만 주어졌다는 것은 하늘이 주신 특혜일 것이다. 사람 아니면 그 어느 동물이 그런 정신세계를 구축할 수 있겠는가?

희견보살은 몸과 뼈를 태우면서까지 불을 밝혀 불심을 이루어내었다. 그 강인한 정신을 중생들의 세세생생에 전하려는 의지가 담겨있지 않은가? 몸을 태우면서도 이루어 내는 불심! 그 정신력 앞에 육신은 소모품이 된다. 정신의 목적을 이루기 위해 육신은 충직한 머슴이 되는 것이다. 정신은 주인이고 육신은 주인의 뜻을 따라 일하는 일꾼이다. 그러나 육신이 주인이 되어버리고 정신을 빼 놓으면 껍데기이고 쭉정이 인생이고 만다.

법주사에는 나의 눈길을 또 한 번 이끄는 곳이 있다. 바위 벼랑위에서 작은 팔들을 휘젓고 있는 석간송石間松이다. 흙 한 줌 없을 돌 틈바구니에 뿌리를 내리고 오히려 척박한 제 자리를 계기로 삼아 옹종한 저만의 모습을 연출해 내고 있다. 바위 벼랑에 서 있으니 덴바람인들 오죽 맞을까? 그 온갖 시련 다 겪으며 세월의 나이테를 옹두라지로 묶어내는 작은 소나무! 평범한 것은 싫다. 하물며 나무까지도.

나는 왜 이리 작은가? 희견보살상 앞에서, 저 석간송 앞에서 나는 왜 이리 작고 무룡태인가? 벌레처럼 굼질거리고 있는 내 모습이 업경대에 훤히 비치고 있을 것만 같다.

관세음보살

속리산 법주사 원통보전에는 우아하고 자비로우신 관세음보살님이 계신다. 꽃장식의 금관은 찬란하여 눈이 부시고, 반쯤 내려뜨신 눈에는 자애의 빛이 무량하며 살포시 머금은 미소가 아름답다.

보살님 중에서도 특히 관세음보살님은 중생을 긍휼히 여기시어 한량없이 넓고 큰 사랑을 베푸시는 분이시다. 천수천안이라 손이 천이나 되시고 눈도 천이어서 동서남북 어느 곳에든 미치지 않는 곳이 없으시며, 중생을 불쌍히 여기셔서 극락세계에도 가지 않으시고 항상 이 사바세계에 머무신다. 그러니까 우리와 가장 가까이 계시는 부처님이시다. 관세음보살이 계시는 전각을 원통보전이라 함은 널리 둥글게 통하여 두루 막힘이 없는 궁극적 깨달음의 상태를 일컫는다니 그 뜻도 참으로 좋다.

내가 처음 법주사엘 간 날은 다리가 아파 걷는 것조차 고통스러웠다. 이 병은 서른 살 이전부터 앉은 일을 많이 하여 생긴 병인데 그 당시는 좌골신경통이라는 진단을 받았었다. 그런데 중년에 들어서는 허리 디스크가 왔다. 몇 년 정도 심하게 아프다가 또 얼마간 나았다가를 반복했었다.

속리산에 두 번째 갔을 때도 다리가 아파서 주차장에서 법주사까지 신음을 하면서 올라갔고 내려올 때도 그랬다. 대전 동부시외버스 정류장에 들어가기만 해도 기름 냄새가 나고 공기가 탁해 머리가 아프고 차멀미는 얼마나 나는지 여간 고통스러운 일이 아니었다. 절에 갈 때는 그렇게 힘들게 가는데 절에 들어가면 이상하게도 어느새 차멀미는 가시고, 집으로 돌아올 때는 전혀 차멀미를 하지 않았다. 지금은 관광버스를 타서 그런지 멀미를 전혀 하지 않고 다닌다.

세 번째 법주사에 갔을 때는 108배를 두 번이나 했다. 그날 저녁 꿈에 비몽사몽간에 내가 법주사 매표소 앞에 있는데 내 손에 금으로 만든 거북이를 들고 있었다. 그것만 있으면 입장료를 내지 않고 매표소 앞을 통과할 수 있다는 것이었다.

네 번째 법주사에 갔을 때에는 매표소 앞에 이르자 다리에 날개가 달린 것 같이 가벼웠다. 금방이라도 문장대를 날아오를 수 있을 것 같았다. 동행하던 도반에게 "어머 내 다리에 날개가 달렸어요." 하면서 앞서 나아갔다. 어쩌면 다리가 그렇게 가벼울 수가 있었을까?

그 전에는 대웅전엘 가지 못했고 원통보전에서만 머물다 돌아오곤 했었다. 처음으로 관세음보살님을 뵙는 순간 나는 부처님의 그 황홀함에 넋을 잃었다. 절을 하다가 부처님을 올려다보다가 어떻게 하면 눈을 감고도 부처님이 환히 보일 수 있을지, 내 눈 안에 부처님을 선명하게 각인시켜 놓고 싶었다. 그러나 눈을 감으면 부처님이 보이지 않는다.

그 날은 또 꿈을 꾸었다. 꿈에서 내가 대웅전에 갔는데 비로자나 부처님이라며 눈이 살아 있는 부처님을 보았다. 나는 어리석게도 그때까지도 비로자나 부처님을 몰랐다. 동학사에도, 갑사에도 석가모니 부처님이 계셨으니 대웅전에는 으레 석가모니 부처님이 계신 줄로만 알았다.

대웅전 마당에 나와 보리수나무 아래 앉아 옆에 앉은 도반과 몇 마디 나누다가 꿈에 비로자나 부처님을 뵈었는데 눈이 살아 있더라고 했더니, 그 도반은 대웅전 가운데 부처님이 바로 비로자나 부처님이시라고 알려 주는 게 아닌가? 내 몸이 가지 않았어도 내 영이 먼저 비로자나 부처님을 뵈었는지 너무 신기한 일이었다. 부처님의 눈은 살아 계시어 중생을 다 보고 계시는가 보다.

2008년 음력 삼월 초하루, 관음전에서 한 시간 반 정도 절을

252

하며 염불을 했다. 눈을 뜨고 부처님을 올려다보다가 눈을 감고 있는 중 환영처럼 하얀 옷자락을 날리며 춤을 추시는 모습이 잠깐 보였다. 가운데 손가락과 엄지손가락 끝을 붙인 부처님의 손이 유연하게 옷자락을 날리시며 춤을 추신다. 좀 더 보고 싶어 눈을 감고 있었더니 이번엔 장구춤이 보였다. 사람이 추는 춤은 땅바닥에 발을 딛고 추지만 신무는 허공을 나르듯 구름 위를 밟듯 아주 가볍다.

　대자대비하신 관세음보살님 앞에서 내 영혼의 무지함을 조금씩이나마 깨쳐가고 있는 것 같아 기쁘다. 이제는 검림지옥劍林地獄을 면하게 되었으니 즐겁다. 저 어지러운 잡살뱅이들과 어울리지 않을 것이며, 내세를 위하여 준비할 수 있다는 것 또한 즐겁다. 살아가는 날까지 관세음보살님의 슬하에 있고, 죽어서도 그 나라의 백성이 되기를 원하고 또 원한다. 관세음보살님! 부디 이 가련한 중생을 내치시지 마옵소서.

발원문

　어리석고 둔한 인생, 무명에 싸여 오고 가는 줄도 모르다가 이제 한 생각 돌이켜 관세음보살님께 발원 하옵나이다. 이생에서는 가족이 다 건강하고 무탈하게 지내다가 생을 마치게 되거든 불심이 돈독한 부모 만나 남아로써 환생하여 지혜총명하고 인물이 출중하며 몸과 정신이 건강하여, 부모 손잡고 법주사에 다니다가 열세 살이 되거든 부모 승낙 하에 승가에 들어가 법문을 공부하여 스님이 되었다가 마침내 성불을 이룰 수 있게 되기를 관세음보살님께 발원하옵니다. 저의 부모님 영가가 부잣집에 환생하여 다시 부부 인연 맺으면 그 가정에 환생하기를 소원하옵니다. 관세음보살님을 조석으로 뵙게 하여 주시옵소서. 나무 보문시현 원력홍심 대자대비 구고구난 관세음보살님!

보시

음력으로 칠월 보름, 백중날이다. 대웅전에서 한창 염불중인데 허름한 작업복을 입은 남자가 들어와 절을 몇 번 하다가 백원짜리 동전 두 닢을 내미니 스님이 받아서 불전함에 넣었다. 그 남자는 방앗간에서 일을 하는 일꾼인데 방앗간 주인이 절에 가느라 백중날이면 쉬게 한다는 것이다. 먹고 자면 일만하고 월급 받아 늙은 부모께 갖다 드리는 것이 생활의 전부인데 법주사를 찾아 온 것도 신기하고 동전 두 닢이라도 바칠 생각을 하다니 기특하다며 한 동네에 산다는 보살이 자꾸 이야기를 전한다.

그 '바보' 남자는 점심공양자리에도 보이지 않았다. 아마 점심은 쫄쫄 굶고 버스주차장에 내려가 버스는 잘 탔는지, 아니면 세상구경을 한다고 여기저기 돌아다니다가 집에는 찾아갈 수 있을지, 비록 백 원짜리 동전 두 닢이지만 그 사람에게는 소중한 돈일 것이다. 아마 부처님께서도 그를 특별히 보시고 다음

생애에는 바보가 안 되게 가피를 내려 주시지는 않을지?

석가께서 탁발을 나갔을 때 어떤 보살이 밥 세 숟가락을 보시했다는 이야기가 있다. 밥 세 숟가락을 드렸다고 생색을 낼 일도 아니고 대가를 바랄일도 아니다. 그것은 그 순간부터 기억에서도 사라질 것이다. 큰 것을 베푸는 것은 좋은 보시가 되겠지만 아주 작은 것도 베풀면 보시가 될 수 있다는 사례이다. 친구에게 주는 차 한 잔, 용기를 주는 말 한마디, 또는 길을 가다가 다른 사람이 넘어질 수 있는 장애물을 치우거나 골목길을 깨끗이 청소하는 것도 보시가 될 수 있다는 것이다.

내가 아는 어떤 이는 늘 그렇게 말한다. 두 번 밥을 얻어먹었으면 한 번은 살 줄 알아야 한다고, 그렇지 못하면 인간도 아니란다. 경우야 그렇기는 하지만, 계산속이 들어간다면 밥을 산 것이 아니라 빌려 준 것에 지나지 않을 것이다. '공덕을 베풀려면 과보를 바라지 말라. 과보를 바라면 도모하는 뜻이 되나니, 그래서 성인이 말씀하시되 덕 베푸는 것을 헌신짝처럼 버리라 하셨느니라.' 이 말은 덕을 베풀지 말라는 뜻이 아니고, 덕을 베풀되 마음에 두지 말고 잊어버리라는 뜻이다. 무엇을 주었다고 거기에 상응하는 보답을 바란다거나 생색을 내는 것은 아무리 좋은 것을 주었어도 허사가 된다는 것이다. 그래서 덕을 베풀었으면 기억하지 말고 잊어버리라는 것이다.

'무재보시無財布施'라는 말이 있다. 물질이 없어도 남에게 보시를 한다는 것이다. 표정이나 말 한마디가 보시가 된다. 말은 남을 화나게도 하고 기분 좋게도 할 수 있으니 말이 던지는 파장은 매우 크다. 온화한 표정으로 좋은 말을 하면 상대방은 즐거워진다. 식견 있는 얘기를 하면 듣는 사람에게 이득이 된다. 남을 즐겁게 하면 나도 즐거워지고 남을 편안하게 하면 나도 편안해진다.

말로 남을 내려찍는 사람의 입 속에는 날선 도끼가 들어있다고 한다. 남을 찍으려다가 제 혀를 찍히는 것도 다반사란다. 그런 사람은 도처에 적이 많이 도사리고 있다. 그러나 인자하고 자비로운 사람에게는 적이 없고, 모든 사람이 친구가 될 것이다. '인자무적仁者無敵', '자비무적慈悲無敵'이다.

내가 특별히 좋아하는 발원문 중에는 '원아결정생안양願我決定生安養'이란 구절이다. 경에는 편안한 나라에 태어나기를 원한다로 해설이 되어있지만, 다시 태어날 때 까지 어찌 기다리겠는가? 지금 당장 이 자리에서 편안함을 기르고 유지해 나가면 앉은 자리가 바로 극락세계인 것을, 남에게 편안함을 주고 나 역시 편안함을 누릴 수 있다면 이 얼마나 좋은 방법일까?

언젠가 절에 갔을 때 날씨가 가물어서 목단 꽃이 시들어가기에 물을 퍼다 주었더니 옆에 있던 분이 "보시를 하시는 군요."

라고 말했다. 흘러가는 물을 조금 주었을 뿐인데 과연 보시가 되었을까? 아니, 지금까지 기억하고 있으니 말짱 허사가 되었을 것 같다.

성불하십시오

"성불하십시오." 절에서 스님을 마나면 두 손을 합장하고 그렇게 인사를 한다. 한 순간에 깨달으면 성불을 이룰 수 있다고 하지만, 깨닫기도 어렵거니와 성불이 그리 쉽게 이루어지겠는가? 나로서는 천만 번을 환생해도 가당찮은 일이다. 만약 혹시라도 성불을 꿈꾼다면 크게 벌을 받을 것만 같다.

그런 생각을 하다가 잠이 들었는데 꿈에 내 다리가 차츰 누렇게 되어가더니 금빛으로 변해가고 있는 게 아닌가? 허리에는 여기 저기 푸르스름한 우담바라가 피어나 있었다. 나는 너무 놀라서 어쩔 줄을 모르다가 꿈을 깨고 말았다. 퍽 신기한 꿈이다. 금색이 허리쯤에 올라왔는데 머리끝까지 다 올라온 다음에 꿈을 깨었더라면 하는 아쉬움도 남는다. 다음 생에 스님이 된다면 정말 요원하기만한 성불을 이루는데 한 걸음 가까이 갈 수 있을까?

내세에는 스님이 되고 싶다는 생각을 가끔 한다. 그래서 법주사에서 동이 트는 아침을 맞이하고 땅거미가 드는 저녁을 보내고 싶다. 날마다 부처님을 뵙고 법당을 청소하고 숙연한 목소리로 독경을 하고 고요히 앉아 참선도 한다면 얼마나 좋을까? 내가 존경하는 스님은 여러분이 계신다. 향기로운 법문을 하시는 종범스님, 임제어록을 강의하시는 성본스님, 명석한 기가 뚝뚝 흐르는 월탄스님, 훤칠한 키에 가사 장삼을 걸친 젊은 스님들도 계신다.

그런데 걱정이 앞선다. '시집살이 맵다 해도 중 시집만 할까?' 속가 시집살이는 아무리 맵다고 해도 중 시집에 비할 바가 아니라는 것이다. 새벽 세시에 어김없이 일어나 세안정제를 하고 예불을 드려야 하며, 공부시간에 졸다간 죽비로 두들겨 맞고, 게으름 피우다가 호되게 벌서고, 말 한마디 행동거지 하나에 조심해서 해야 되고 계율을 철저히 지켜야 한다. 그러나 아침잠이 많은 내가 어찌 새벽 3시에 일어날 수 있을 것이며, 조금만 앉아 있어도 허리 다리가 아픈데 참선인들 해 낼 수가 있을까? 잠이 유난히 많고 게을러 하루에 반은 누워 있기를 좋아하는 내 체질로는 견뎌낼 도리가 없을 것이다. 또 사춘기가 넘어 육체가 발달하게 되면 끝없이 머리를 치켜들고 일어나는 성욕구는 어떻게 누를 것인가?

언젠가 한 작은 사찰에 사춘기를 갓 넘긴 비구승이 있었다. 그 비구가 절에 오는 신도의 같은 또래 딸아이들을 몇 명이나 범하다가 큰 스님에게 혼이 나 쫓겨난 사례가 있다. 그는 갈 곳이 없어 방황하다가 벌을 받았는지 곧 목숨을 거두었다고 전한다.

중에게는 멸빈죄라는 것이 있다고 한다. 살인을 하거나 도둑질을 하거나 음탕하면 멸빈에 처하게 된다. 법의를 벗기고 쫓아내어 다른 절에도 들어갈 수 없게 하고 다시는 중이 될 수 없게 한다는 것이다. 지족선사는 파계승으로 오늘날까지 전해지고 있다. 황진이의 끈질긴 유혹으로 삼십년의 참선 수도가 그만 한순간에 물거품이 되어버렸다고 한다. 수도자도 인간의 몸을 가졌기에 유혹에 넘어갈 수가 있을 것이다. 황진이는 왜 하필 지족선사를 파계시켰는지. 황진이의 행동은 죄가 아닐지. 지족선사가 안쓰럽다는 생각도 든다. 끝없이 일어나는 욕망, 그것을 누르고 참고 견뎌내야만 훌륭한 스님이 될 수 있을 것이다.

계율을 지키는 스님들의 얼굴은 맑고 청정하다. 중생이 함부로 범접할 수 없는 엄숙한 기운이 흐르기도 한다. 요즘 스님들은 대체로 지식이 높다. 영어나 인도어, 한문을 통달하신 스님이 많다. 스님들은 또 애국자이다. 임진왜란 때도 수많은 스님들이 자진해서 왜군과 맞서 싸우다가 이름도 없이 사라져갔다.

일제강점기 36년 동안에도 친일파 스님은 한 분도 없었다고 한다. 또 스님들은 문학과 역사에도 뛰어나다. 만약 고려의 일연 스님이 아니셨다면 우리 삼국시대의 귀중한 유사遺事가 어찌 전해졌을까?

머리를 깎고 중이 되었다고 다 스님의 경지에 도달한 것은 아니다. 밤낮으로 공부하여 학식이나 지식을 가득 채워 넣고도 도를 통해야 마침내 큰 스님의 자리에 오를 수 있을 것이다. 성본 스님의 법문에는 '마음을 불심으로 돌려 지혜를 구축하면 성불을 할 수 있다' 하셨지만 진짜 성불하기는 아마 하늘의 별따기보다 쉽지 않을 것 같다.

금일 참회

예불을 드릴 때마다 '살생중죄殺生重罪 금일참회今日懺悔'를 읊조린다. 부처님 앞에서 살생을 한 죄를 참회하는 것은 다시는 살생하지 않겠다는 약속이며 맹세이기도 하다. 그래, 내가 한 살생은 얼마나 되는지 돌이켜 본다. 배추벌레, 달팽이, 바퀴벌레, 거실에 돌아다니는 개미를 무차별하게 죽이는 것은 다반사이고 다슬기, 조개, 우렁이, 게, 주꾸미... 가장 마음에 걸리는 것은 광어 한 마리다. 어시장에 가서 같이 간 일행이 광어를 사기에 나도 한 마리 샀다. 회를 뜨러 가는 데 이놈이 어찌나 가동이를 치던지, 죽으러 가는 길에 살려고 몸부림치는 그 모습을 안쓰러워하면서도 기어코 회를 뜨고야 말았다. 그리고 다시는 살아있는 고기는 사지 않겠다고 다짐을 했다.

낚시질 하는 사람들을 보면 무슨 돔을 잡았다고 기뻐 어쩔 줄 모른다. 잡힌 고기는 곧 죽게 되어 참담한 슬픔에 떨고 있는데 남의 생명을 잡아놓고 환호성을 지르다니 이런 아이러니가 어디 있을까? 역지사지易地思之라, 낚시꾼과 물고기가 입장을 바꿔 본다면 어떨까? 사람이든 물고기든 죽지 않으려는 본능은 마찬가지다.

석가께서는 불살생을 강조하셨다. 살생을 하면 몸에 살기가 배어 자비심이 사라지며, 명이 짧아지고 불길한 일이 일어난다 하셨다. 도축하는 일을 업으로 하는 사람들은 피 냄새가 몸에 배어있기 마련이다. 하는 일이 노상 그것이니 거칠고 살벌함에 익숙해져서 마음의 평온을 누리지 못할 것이다.

불교를 믿으면서부터 밭에 가면 주위에 아무도 없을 때 천수경을 독송한다. 천수경을 독송하는 날은 배추벌레나 달팽이를 헌 플라스틱 용기에 담아서 배추밭과 좀 떨어진 곳에 놓아준다. 살생을 덜 하려는 노력이다. 그러나 천수경을 읽지 않는 날은 벌레들이 갉아먹어 배추 속은 걸레쪽이 되고 벌레가 싸 놓은 시꺼먼 똥이 흉물스러운 것을 발견하게 되면 분풀이라도 하듯 발견 족족 발로 비비고 돌로 내려치기를 서슴없이 행한다. 그러면서 일말의 죄의식도 느끼지 못한다. 해충은 죽여도 무방하다는, 아니 반드시 죽여야 한다는 인간의 잣대가 과연 옳은 판단일까? 그들도 다 잘 살아보려고 애쓰는 생명들이다.

어느 것은 죽여도 되고 어느 것은 안 되는가? 살생중죄 금일

참회를 하면서도 무자비하게 해충을 죽이고 또 입으로는 살생 중죄 금일참회를 읊조린다. 죄를 따지자면 사람이 살아가는 그 자체가 죄라고도 한다. 풀을 밟고, 나무를 자르고 육식을 하고, 또 수많은 미생물이 들어 있는 물을 마신다. 미시적인 세계가 눈으로 보이지 않기에 망정이지 현미경으로 본다면 마음 놓고 숨 한 번 제대로 쉬지 못할 것이다.

언젠가 스님의 법문을 듣는 자리에서 벌 한 마리가 날아와 어떤 중년 남자분의 목에 붙었다. 여신도들은 무서워서 몸을 움츠리고 어쩔 줄을 몰랐지만 그 남자 분은 미동도 하지 않았다. 벌은 남자 분의 살갗에서 짭짜름한 지방질 같은 것을 채취하고 있는 모양이었다. 제법 큰 것으로 보아 꿀벌은 아니었는데 만약 손으로 어설프게 벌을 만졌다가는 쏘아 버릴 것이고 그렇다고 법당에서 벌을 때려잡을 수도 없었을 것이다. 문득 어느 책에서 읽었던 이야기가 떠올랐다. 어느 스님이 굴속에서 참선을 하고 있을 때라고 한다. 독사 한 마리가 스님의 등을 타고 돌아다니더라는 것이다. 상좌승이 이 광경을 보고 놀라서 스님 등에 뱀이 붙었다고 소리쳤다. 그러자 스님은 아주 태연하게 "실컷 놀다 가게 놔두어라."했다. 상좌승은 안절부절 못했다. 독사를 건드렸다가는 스님을 물어버릴 것이고 그렇다고 땅꾼처럼 한 번에 독사의 목을 잡는 기술도 없으니 어쩔 수 없이 숨을 죽이고 지켜만 보고 있었다. 독사는 스님의 등에서 혓바닥을 날름거리다가 한 참을 지나서야 스스로 풀어져 나가더라는 것이다. 독사가 몸에 붙어 돌아다녔다니 얼마나 끔직한 일일까? 도 높은 스님이기에 망정이지 보통 사람 같았으면 기절초풍 혼비백산할 일이다.

스님들은 염불중에 모기가 아무리 얼굴을 물어뜯어도 쫓지 않는다. 그저 염불하는 데만 집중할 뿐이다. 만약 스님이 목탁을 쥔 손으로 모기를 쫓는다고 헛손질을 한다면 아마도 그 스님은 수양이 부족한 분일 것이다.

나는 몹시 고민 중이다. 해충은 죽여야 하겠고, 먹을 것은 먹어야 하겠고, 예불은 올려야 하겠기에. 그래 할 짓 못할 짓 다하면서 오늘도 살생중죄 금일참회를 읊고 있다.

파장

    반야사에서 점심을 먹고 잠시 이야기를 하고 있을 때였다. 그때 한 사람이 스님에게 물었다.

    "일요일이면 산엘 가는데 어떤 산은 꼭대기 까지 올라가도 피로를 느끼지 않고 기분이 상쾌한가 하면 또 어떤 산은 그 산에만 가면 힘이 들고 지치는데 무슨 까닭인지요?"라고 묻자, 스님은

    "파장 때문이지요. 산에서 나오는 파장이 자신과 맞으면 기분이 좋고 맞지 않으면 피로를 느끼게 되지요"

    "그러면 우물에 가면 소변이 보고 싶어지는데 어느 때는 제법 멀리 우물이 있는데도 소변을 보고 싶은 느낌이 오는데 그건 무슨 까닭인가요?"

    "물은 물을 끌어당기는 파장이 있기 때문이지요. 제법 멀리

우물이 있는데도 소변이 보고 싶어지는 것은 그곳에 우물이 있다는 것을 머릿속으로 인식하고 있기 때문이지요."

산에서 나오는 파장이 신선하면 기분이 상쾌해지고 힘들게 산을 올라도 피로를 느끼지 않는가하면 오히려 몸에 쌓였던 피로를 풀어 주고 몸과 마음을 정화시켜 건강한 활력을 주게 되지만, 산에서 음습한 기운이 나온다든가 묘지가 많다든가 하면 나오는 파장도 좋은 느낌을 받지 못하게 된다는 것이다. 사고가 났던 자리나 사람이 죽은 자리에는 그런 파장이 나오기 때문에 싫은 느낌을 받게 되는 것이라 한다. 또 사람에 따라서는 똑같은 파장이라 해도 잘 받아들이는 사람과 잘 받아들이지 못하는 사람이 있고, 이겨내고 방어하는 힘이 있는 사람이 있고 이기지 못하는 사람이 있어 그 사람의 상태에 따라서 다르다는 것이다.
이 세상의 모든 것, 우주의 삼라만상이 모두 다 파장을 갖고 있으며, 좋은 것과 나쁜 것, 큰 것과 작은 것의 차이가 있을 뿐이다. 파장이란 그 것이 갖고 있는 성분이며 그 성분의 힘이 저절로 발산된다는 것이라 한다. 사람에게서도 파장이 나오는데 사람의 파장이라 해서 모두가 똑 같은 것은 아니다. 성격, 지식, 인격, 마음가짐에 따라 다르며 또한 시시 때때로 조금씩 변하기도 한다는 것이다. 부부간에도 서로 파장이 맞지 않으면 이

혼을 하거나 사별을 하는 수도 있다는 것이다. 과부가 되는 것
도 파장의 영향이 있을 수 있으며, 팔자가 세다, 과부될 상이다
하는 것은 그 만큼 기가 세다는 것이며, 상대방이 그 기에 꺾인
다는 말이기도 하다.

어떤 사람은 남편이 죽고 재혼을 두 번이나 했는데 가는 곳마
다 남편이 죽더란다. 그래서 경제적으로도 어렵고 또 외로워 다
시 남편을 얻고 싶어도 자기로 인해 남자가 죽게 되니 다시는
재혼을 하지 않으려고 맹서를 했다한다. 그 사람은 외모로 보기
에도 팔자가 드세게 생겼다.

혹 내 파장으로 인하여 남편이나 가족의 기가 꺾인다면 얼마
나 끔찍한 일인가? 그러니 독을 품지 말고 독설을 내뱉지 말고
가슴에는 사랑으로 가득 채우고 온화하고 좋은 마음을 가져야
하겠다. 나에게서 좋은 파장이 나올 수 있도록.

그 다람쥐

한밭 풍물 시인으로 유명한 홍희표 시인의 시집에는 이런 시가 있다.

그 다람쥐

어느 스님이 늦 가을날 산길을 가다가
다람쥐 굴 발견하였다네. 호기심에 굴을 뒤져보니
도토리. 세톨박이. 고추감. 똘기. 빈대. 밤 등이
하나 가득. 바랑에 모두 담아 가지고 암자로 와
한동안 먹었다네. 단풍잎 떨어지고 함박눈
몇 날 몇 밤을 내리던 어느 날 아침 암자
마루에 놓인 스님 흰 고무신을 안고 서너 마리의
다람쥐 죽어 있었다네. 굶어 죽었다네.

그래서 그 스님 하도 안타까워 죽은 다람쥐
들을 위해 천도재를 지내 주며 눈송이 같은
눈물을 흘렸다네.

어느 스님이 늦은 가을날 산길을 가다가 우연히 다람쥐 굴에
밤이 들어 있는 것을 발견하고 바랑에 담아 가지고 와서 먹었
다. 그러나 그 해 겨울 다람쥐 서너 마리가 그만 굶어 죽고 말았
다는 것이다. 그 밤은 다람쥐가 겨울나기의 양식으로 저장해 놓
은 다람쥐의 생명줄이었다. 그러나 스님은 그저 우연히 밤을 발
견하게 되었고 아무 생각 없이 가지고 와서는 먹어 버렸다. 그
결과는 연약한 다람쥐들을 굶어 죽게 한 것이다. 스님은 뒤늦게
뉘우치고는 다람쥐 영혼의 천도재를 지내 주었다는 얘기다.
　이 시를 읽노라면, 가을 산길과 스님과 밤, 다시 암자와 눈이
온 산사의 풍경이 오버랩 되면서 죽은 다람쥐와 천도재를 지내
는 스님의 모습이 풍경화처럼 펼쳐진다. 몹시 아름다운 풍경 같
으면서도 슬픈 사연이 내재되어 있다. 이 이야기는 어쩌면 우리
사회를 풍자하고 있기도 하다.
　노동자들이 피땀을 흘려 이루어 놓으면 그 이익을 돈 많은 사
람들이 취하는, 결국 노동자들은 평생 힘든 노동을 하고 그것으
로 인해 돈 많은 사람들은 호화사치를 누리게 되는. 막노동을

하는 사람들이 서푼어치의 품값을 받고 집을 지으면 업주는 많은 돈을 남겨 이익을 보고 또 건물주는 편하게 앉아서 세를 받아 먹는다. 상인들이 밤낮을 가리지 않고 장사를 하지만 점포 임대료로 다 바치고 나면 겨우 목구멍에 풀칠하기 바쁘다. 공장에 나가 목숨을 걸고 일을 하면 사장은 종업원이 번 돈으로 골프여행을 한다. 모두 스님이 다람쥐 양식을 가져다 먹고 다람쥐를 죽게 하는 것이나 무엇이 다를까?

절에서

우란 분절이다. 영가를 천도하는 날이기도 하고, 스님들이 하
안거에 들어가는 날이기도 하다. 이날은 신도가 많아 부처님 뒤
쪽으로 자리를 잡았다. 한창 예불을 올리는 도중에 잠깐 눈을
감고 있었는데 꿈인지 생시인지 모를 환영이 보였다.

사자좌에 앉으신 스님이 엄청나게 크시더니, 또 절 마당에 스
님들이 가득 서 있고, 만화에 나오는 그림 같은, 얼굴이 각이 지
고 비틀어진 도깨비 같은 사람들이 한 무리 수정교 다리를 건너
오고, 그 뒤로는 노린재 벌레가 실제 보다 훨씬 큰 것들이 일주
문을 꽉 차게 기어 들어오고 있는 것이 아닌가?

엄청나게 큰 스님은 사자좌에 올라 법문을 하시는 큰 스님을
뜻하는 것일 게고, 마당에 들어찬 스님들 역시 수도하는 스님일
것이며, 만화에 나오는 도깨비 같은 사람들은 중생의 혼령일 것
이다. 그런데 노린재 벌레는 무엇을 의미할까? 나는 그것에 대

한 의문을 끝내 풀지 못했다.

참선을 해서 선정에 들면 육안으로는 보지 못하는 세계를 보게 된다고 한다. 나는 아직 참선을 하지 못한다. 삼십분만 넘으면 허리가 아프고 온몸이 편하지를 못할 뿐더러 쓸데없는 잡념들이 더 많이 일어나기 때문이다.

김홍신 소설가는 참선에 들어서 매우 신기한 세계를 보았다고만 하지 그 세계가 어떠했는지는 밝히지 않았다. 아마도 함부로 입 밖에 내어서는 안 되는 모양이다. 그것은 천기누설이 될지 모른다. 태국에서 유명한 스님은 선정에 들었을 때의 표현을 동물로 비유해서 말하였다. 처음에는 아는 동물들이 나타나다가 반응을 보이지 않고 가만히 있으면 차츰 모르는, 생전 처음 보는 신기한 동물들이 나타난다고 했다. 그것은 동물로 예를 들어서 표현한 것이라는 것이다. 처음에는 아는 세계가 나타나다가 점점 알지 못하는 다른 세계가 나타난다는 것일까?

내 초등학교 친구는 자매가 절에 다닌다. 그들이 절에 다니게 된 계기는 관광차 절에 갔다가 어려서 소꿉장난하고 놀던 친구를 우연히 만나게 되었다. 그 남자친구는 스님이 되어 있었다. "숙자야 이 절에 꼭 다녀라." 그 스님이 간절하게 부탁을 해서 다니게 되었다.

농사를 짓는 어려운 형편에서도 자매가 돈을 모아 스님의 가사장삼도 지어다 드리고 겨울이면 내복이며 모자도 사다 드렸다. 그런데 두 번째 가사장삼을 지어가지고 갔는데 그만 친구 스님이 다른 절로 가버렸더라는 것이다.

어느 절로 갔는지는 다른 스님을 통해 알기는 했지만, 다른 스님이 말하기를, 찾아가지 않는 것이 좋을 듯하며, 스님이 되는 것은 속세의 인연을 끊고자 함인데, 찾아가면 수도에 방해가 될 것이라고 했다. 그래 하는 수 없이 지어간 옷을 다른 스님에게 드렸다.

친구는 아마도 절에 갈 때마다 스님친구를 생각했을 것이다. 스님친구가 없는 절이 허전하고 쓸쓸했었는지도 모른다. 그리고 이삼년이 훌쩍 지나가 버렸다.

그런데 어느 날 절에 가서 예불을 드리다가 보니 스님친구가 있더라는 것이다. 동생도 보고 "언니, ○○스님이 저기 계시네." "그리게, 다시 오셨나보다." 자매가 동시에 그 스님을 보게 된 것이다. 분명 그 자리에 있는 것을 보았는데, 다시 보니 없어, 예불이 끝나기를 기다렸다가 다른 스님에게 물어보았더니 온 적이 없다고 하더란다. 자매가 똑같이 환영을 본 것이다.

환영이 보이는 것을 어떻게 해석해야 할까?

편집 소감

저자는 호를 '월야月野'(달빛 들)라 한다. 달빛이 흐르는 들녘은 풍성하고 아름답다. 이 책은 달빛 들녘만큼이나 풍성한 이야기들로 가득 차 있다.

저자는 계룡산에서 나고 자란 심산유곡의 산골뜨기이다. 그러기에 도시사람처럼 세련되지는 못하지만 산골사람의 순진무구를 그대로 간직하고 있다. 계룡산의 산바람 속에서 커온 탓인지 그 바람만큼이나 상큼한 언어로 글을 구사해 나가고 있다.

저자는 나의 누이이다. 가난을 선물로 타고난 탓에 상급 학교를 다니지는 못했지만 꾸준히 여러 분야의 책을 손에 잡히는 대로 탐독해 왔다. 그러면서 쭉정이는 버리고 알곡만 차곡차곡 마음의 곳간에다 저장해 갔다. 그래서 글을 쓸 때에는 마치 거미가 집을 지을 때 거미줄을 뽑아내는 것처럼 줄줄 이어져 나오는가 보다.

이 책에는 저자의 인생이 고스란히 담겨 있다. 본 것, 들은 것, 느낀 것을 생활의 지혜와 철학을 버무려 거르고 다듬어서 한 소쿠리씩 담아냈다. 가끔은 익살스럽고 유머러스한가 하면 생경한 단어들을 등장시켜 감칠맛을 낸다. 한 편 한 편 읽을 때마다 아침이슬처럼 다가와 신선함을 일구어놓고 떠난다. 자연의 무한한 신비와 인간의 고뇌를 다듬어 삶의 활력을 불어넣어 준다.

이종권(문학박사/건국대 · 성균관대 외래교수)

저자 **이 도 순**

1950년 충청남도 계룡산 심산유곡에서 태어났다. 안빈낙도를 실천하며 살아온 부모님 슬하에서 자연을 벗 삼아 순진무구하게 자랐다. 초등학교 때부터 글쓰기를 잘해 교내외 여러 글짓기 경시대회에 입상하며 선생님들의 사랑을 받았다. 20대부터 30대 때는 가난으로 온갖 노동에 종사하면서도 꾸준히 신문과 잡지에 글을 기고하여 채택되었다. 서른이 넘어 결혼하여 평범한 가정을 이루고 살면서도 계속 문예활동을 했다. 1990년 『월간에세이』 추천으로 등단했으며, 2002년에는 『문학사랑』에서 소설 신인상을 받았다. 2006년에는 대전여성문학회 8대 회장을 역임했고, 현재 한밭소설가 협회 이사로 활동하고 있다.

아버지의 뜰

2012년 5월 15일 초판 인쇄
2012년 5월 25일 초판 발행

지은이   이 도 순
펴낸이   한 신 규
편 집   이 은 영
표 지   이 미 옥
펴낸곳   도서출판 문현
주 소   138-210 서울특별시 송파구 문정동 99-10 장지빌딩 303호
전 화   Tel.02-443-0211 Fax.02-443-0212
E-mail   mun2009@naver.com
등 록   2009년 2월 24일(제2009-14호)

ⓒ이도순, 2012
ⓒ문현, 2012, printed in Korea

ISBN   978-89-94131-71-9 03810 정가 15,000원